馬尼拉灣
的落日
作者：HENLY TSAI
Family Sky
天空數位圖書出版

目錄

自序……7
序一……9
序二……11
一……15
二……19
三……24
四……29
五……34
六……39
七……44
八……51
九……56

十 …… 64
十一 …… 69
十二 …… 75
十三 …… 79
十四 …… 84
十五 …… 91
十六 …… 96
十七 …… 100
十八 …… 108
十九 …… 113
二十 …… 118
二十一 …… 124

目錄

二二……130
二三……135
二四……140
二五……145
二六……150
二七……155
二八……161
二九……166
三十……173
三一……181
三二……185
三三……191

三四 …… 196
三五 …… 201
三六 …… 206
三七 …… 212
三八 …… 218
三九 …… 223
四十 …… 228
四一 …… 233
四二 …… 239

自序

距今五十年前決定往菲律賓海域發展時，很多朋友告訴我菲律賓治安很差，自身安全堪虞，我均一笑置之。

來到菲律賓才發現沿海的漁船夜間的照明設備只有一盞煤油燈，我心一時都涼了半截，本想打道回府，斯時，台灣的漁量也不景氣，回台不是唯一選擇。

直至遇到一位漁友介紹虱目魚苗的生意，因為台菲魚苗的價差甚大，我用船的活魚艙運回台，讓我賺了一些錢，才把心定下來。

無獨有偶，又在海上遇到一位黑道大姊頭，捲入粉紅色的糾紛，故事曲折迷離，令人不敢置信。

後來，這位黑道大姊發現受騙，號召全部的黑道份子採取報復性的行動，欲將我碎屍萬段而後快，她們得悉我的藏身地之後，將我團團圍住，幸有高人指點才順利逃出馬尼拉灣。

本書的敘述從頭絕無冷場，可謂精采絕倫，軍方獲悉後派出二艘巡邏艇南第二路包抄，我為了逃命不得已火力全開，不久主機即發生故障在海上漂流，又為了解決民生問題下海捕魚吞下肚，回台後因與鯊魚搏鬥時用力過猛以致脊椎側彎椎間盤突出，住院開刀後住進好耆長照中心靜養，期間我想轉換跑道，成為一位殘而不廢的人，因此將二十年的海上生涯心路歷程集結成書來分享讀者，是之為自序。

序一

作者H先生已年逾古稀，行動也因中風有些不方便；然而與一般的老者不同的是，他經常坐在電腦前，用著吃力且緩慢的一指神功，敲打著電腦。得知他是在寫「小說」時，心裡想：這位老先生一定是「有故事的人」；當時，我並不確定他真能耐心且有毅力地「敲完「一本小說。不過對照顧團隊來說，照顧一位紳士、有點小潔癖、不樂意參加團體活動、喜歡自己一人在安靜角落用餐、偶而會小抱怨一番，但大部分時間卻專注在電腦前寫作的老先生，並沒有額外負擔，因此樂於支持，所有同仁也都配合給予最大的協助。

有一天H先生說他完成寫作了，接下來便要發行出版，並且堅信會大為暢銷，讓我幫忙聯繫出版社。我雖然驚訝於他的毅力，也肯定他的自信，但態度卻是保留的。話說有夢最美，於是我向董事長匯報了H先生的想法，也詢問了相關出版書籍的情況，礙於需自費出版，成本考量，擱置了一段時日。為了能儘早幫助H先生圓夢，期間我更利用在碩士研讀的機會，將H先生的出書夢作為發想，提出在募資平台籌集出書資金的方案，參與「銀髮斜槓」的競賽，深受評審肯定並獲獎項；在多方的努力後，因緣終於成熟，董事長找到支持的出版商，H先生的書，終於要印行出版了，這是多麼令人振奮的消息！

不諱言地說，一般人對於長照中心的長者，刻板的印象，總覺得他們大多躺在床上，或者呆坐神滯，靜渡遲暮歲月；然而H先生的小說完成和出版，帶給我們無限的欣喜和鼓舞，除了小說引人入勝的故事情節之外，也是肯定我們推動年長者應更積極生活的信念。隨著台灣逐步進入超高齡社會，如何建構友善老人的社會環境是一大課題，更是我們這一代人不可迴避的責任。良好且充足的硬體建置是迫切的，但照顧者學習並不斷探索如何和長者相處、了解老人的心境、以及鼓勵長者能保持對生命積極、樂觀和豁達的態度，更是提升長者精神生活品質的關鍵。

媒體不乏報導老年人完成馬拉松、攀登高峰的勵志故事、騎著重機環島的不老騎士、還有不放棄籌拍電影的年輕夢想、重溫跳傘的老兵、…，這都在在告訴我們老年人仍然可以享受追求自我實現的生命價值。H先生小說出版的意義，內容故事之外，更是另一個老年圓夢的故事。面對每一位經歷世俗塵汙，鉛華褪盡的老者們，我們將繼續更用心的呵護他們的身心，關照他們心靈深沉之處的夢想，更願所有的長者：年輕不老、老得年輕！

好耆老人長期照顧中心　執行長　王律潔

序二

生命旅程的各個階段總會懷有夢想，當夢想被實現，會帶來無限的喜悅。年長者也不例外；然而對他們來說，願望和夢想總在逐漸衰退的體力、有限的時間、經濟負擔的考量、或種種現實客觀條件限制下，磨化了熱情，塵封心底。從不敢想、不能想；變成不願想、最後忘記想，也想不起來了，這種現實情狀，總是讓人不勝唏噓。

此外我也觀察到老人的期盼會漸漸趨於簡單的日常需要、心願會漸漸趨於樸素的人際慰藉、夢想更是變得實際而簡單；然而在年輕人看來似乎是簡單容易，又或是微不足道稱不上夢想的小小期盼、心願，卻能帶給長者們一整天、一整月、一整年甚至於是餘生經常心滿意足反覆咀嚼的快樂！因此我們照顧長者，如能多多用心關懷，細心了解他們身心的需求，或許舉手投足之勞，就能創造長者們無限歡愉的日常生活。

H老先生是一位紳士風範的老者，依據我的了解，能天天洗澡、能安靜不受干擾的看看書、偶而吃上幾片上好的生魚片，就是他最大的快樂泉源。而寫小說，對任何人然來說，似乎都不是能輕易完成的夢想；而他卻真的做到了！他的小說，講述著一位從小逞馳海洋、懷著漁業壯志，勇敢闖蕩異域的青年事蹟。小說中的主角有著堅定的夢想、有著少年壯志、有著初犢無畏的氣魄、更有著離奇轉折的遭遇、也有真實溫馨的愛情、臨危相挺的情義；更有遊走於灰色空間、深陷險境、最後憑著智慧、勇氣、與冷靜沈著的應對，化險為夷，情節扣人心弦，引人入勝；另外小說中也不乏漁業養殖的知識、海上漁船工作生活的寫實描述，以及捕魚、養魚、行船的專業技術；對於身處海島，環海生活，理應很熟悉海洋的我們來說，而實際卻是很陌生的；在閱讀這本小說的過程中，不知不覺地融入小說的情境，竟發現自己從沒跟大海這麼親近過，突然間似乎覺醒自己是海洋子民的事實！

H老先生也真的不容易，他中風過，行動不是很方便，手指動作也不再靈活，但這不影響他堅持創作這本小說的夢想，憑藉著他的毅力，一字一句的敲打著鍵盤，終於完成了這篇小說。但完成文稿，只算是啟動夢想的引擎而已，如同他小說中的主角，此時的漁船只待揚帆出發；H老先生把文稿交給了執行長也已有一段時間，他從不放棄地敘述著出版發行的夢想。也多虧執行長能不斷地用心尋找資源，時時惦記著如何協助H老先生出版小說的夢想能實現；終於機緣成熟了，感謝艾輝公司黎總的協助，提供出版這本小說的機會，並給予一切的安排和協助，讓「馬尼拉灣的落日」得以有機會印行出版分享讀者；這本小說的出版，最大的意義是H老先生的自我實現，帶給他無限的喜悅；同時也鼓舞著我們中心每一位同仁，感受到照顧老者的工作雖然辛苦，但能在每一位老者生命的餘暉中，給予最妥適的照顧、最有尊嚴且盡可能地爭取更多的快樂時光，更鼓勵他們不放棄地堅持自我實現的機會，說出他們的期盼、心願，甚至擘劃夢想，實現夢想；我們也將持續幫助長者圓夢作為我們的志業。當然，現在趕緊開始閱讀H老先生創作的這本小說，定能讓你愛不釋卷，帶你遨遊大海，沈浸異國風情的冒險之旅。

好耆老人長期照顧中心　董事長　王志財

越過巴士海峽來到異鄉在海上四處漂泊
苦撐數年稍有成就卻捲入桃色風暴
一條解不開死結的無形枷鎖
絆著我終日藉酒精麻醉自己
有一天在醉夢中似有人在耳際呢喃
船長，把酒戒掉儘快把失去的找回來
我願意將女人最珍貴的禮物獻給你
噢，謝謝妳善用激將法讓我酒醒能戰勝自己
不久，馬尼拉灣的春天終於來到眼前

一

生長在南部漁村的我，從小就與海洋廣結善緣，海洋是我們一家人的最愛，儘管在艷陽下全身曬得黝黑，同學們給我暱稱「水鬼仔」，我均一笑置之。

上小學時，有錢人的小孩放學回家即在溫習功課或趕作業，只有我們幾個放牛班的小孩相偕嬉戲，在潔白的沙灘上，享受徜徉在蔚藍海水裡的樂趣，將一切俗世塵囂拋諸腦後且樂此不疲。

猶記得初學游泳時不習慣戴蛙鏡，鹹濕的海水裡經常穿透眼球由鼻孔滲出。有時爬上巨型交通船從高處往下跳，緊張刺激的味兒真是過癮。漸漸地，學會帶魚槍尋找獵物並出售賺錢，小學還沒畢業，舉凡家中的油鹽醬醋茶均由此支付。

爸爸年輕時隨遠洋漁船出海去，阿公都會帶著我靠一架竹筏養活我們一家八口，小學畢業那年的暑假，阿公要我開始學划槳，因為海岸線下的漁源日漸枯竭，必須依靠竹筏尋找更充裕的貨源。

起初站在筏上，浸滿海水的足踝還要承受起伏不定的波浪，腳底就像踩著雲朵的舞者一樣載浮載沈。有時暈船，那股胡椒拌酸醋一湧而出的味兒真令人難受。

偶遇瘋狗浪被捲入海水中，竹筏翻了筏上備用食物全沒了，不得已返航從頭再來。

在收音機尚未普及的年代裡欲知氣象只能靠早期的風向球，如有颱風警報風向球的指針會顯示在紅線上，但往往颱風到了眼前才發現，有一次祖孫倆差點同時葬身海底。

不知阿公哪裡學來的功夫如要釣白帶魚就要用十五磅的魚絲，如要釣鱒鮭又換另一種漁具、魚鉤、魚餌。

飛魚產卵季節來臨時，阿公都會準備幾件草蓆置於水面上，待飛魚衝破海面凌空飛起，像一群薄翅的科學小飛俠低空劃過東邊浮出海面的火紅朝陽。我樂見一群群身經百戰的勇士在草蓆上完成世代交替的任務。

中午過後我和阿公忙於撿拾草蓆上的黃金蛋，回到家中稍加醃漬直接賣給日本料理店，獲利甚豐。

過了飛魚季，族繁不及備載的魚獲接踵而至，我和阿公負責量產，阿嬤負責分類，媽媽負責販賣，我們就像便利超商的連鎖店一樣密不可分。

在理個和尚頭五塊錢吃碗乾麵十塊錢的年代裡，我每天平均就有伍佰元左右的收入，這算是蠻不錯的行業。

禁不起消費者的期待與金錢誘惑，在供不應求的情況下我被迫放棄學業和阿公潛入水中尋找更廣的貨源，尤其是龍蝦棲息的洞。據說發現一個龍蝦洞裡面蘊藏數不盡的寶藏，阿公說，龍蝦經年穴居在陰暗的岩洞，冬天又有冬眠的習慣，夏天才外出覓食，因長期未見光兩眼幾乎全盲，外出覓食全靠額角兩根長長的觸鬚嗅聞腥味重的食物，這是牠們的習性。因此，阿公特別設計二十個只能進不能出的竹籠子，中央吊著一塊沙魚肚，以守株待兔的方式甕中捉鱉誘捕，籠子上繫一條二百磅魚絲，海面上綁著一個六吋浮球，直接栓在竹筏上。使用這方法不多久沿岸的龍蝦大量落入我們手上。而且全是生猛的活海鮮，可做生魚片，賣的價錢又高，為我們家錦上添花。

回到岸上，還來不及把繩索繫好，便依照往例梳梳頭、照照隨身攜帶的鏡子，為此還經常被罵：「做貓要有貓尾。」

暑假過後，糊里糊塗升上初中。記得上國文課時老師在講堂上喊破喉嚨：「子曰。」進入夢鄉的我卻被老師叫起來照唸一遍，睡眼惺松的我一時驚慌措手不及，真不知老師在說些什麼，所幸後座同學告訴我第幾頁第幾行，找到之後，臨急把

「子曰」唸成「子日」，弄得全班同學哄堂大笑。倒是後座同學狠狠的一拳驚醒夢中人，從此發憤讀書僅利用假日出海去。

初中二年級時，鎮上的日本料理店像雨後春筍開了好幾家，均以「生猛海鮮」做號召當然貨源奇缺，因此我又再度被迫休學。

斯時，「龍蝦三吃」自始至終名列排行榜第一名，旗、鮪魚生魚片次之，烤章魚排名第三。龍蝦的捕獲量逐漸減少，而旗、鮪魚是深海魚類，必須建造動力漁船用特殊的漁具與設備，所以不得不把目標轉移到章魚身上。

有一天，我們潛入水中發現章魚穴，欣喜若狂，趕緊拿起魚槍準備射擊，第一槍擊中一隻老章魚，其餘的在慌亂中想逃，臨走前，群體向我們噴出大量煙幕彈害我們一度昏厥差點嗆死。醒來時，全身癱軟的浮在水面動彈不得。對於剛才那一幕還餘悸猶存，從此對於章魚的訂單敬謝不敏。

因此，阿公準備在最近建造一艘動力鮪釣漁船，專捕深海魚類以滿足老饕們的需要。

二

新建造漁船下水的數年後，有一次返航途中見一群菲籍小船就像海上分列式一樣分佈在中沙群島上沿四十海浬的海面上，我停車用望眼鏡看出他們不是延繩釣漁船，而是專釣一些白帶魚、石斑魚或鯛魚的近海漁船。當我看得入神時突然有一艘小船從我船舷邊靠過來並開口向我們打招呼：「嗨，船長要買魚嗎？」首先爬上甲板的是一位年約六十幾，略佝僂著背卻神采奕奕的老漁人。

「不，不，我只是路過看看而已。」我們用簡單的英文交談得悉老漁人是當地華西村的村長。

「初見面算你便宜一點而且我還可以介紹同伴賣魚給你。」

稍後我取得阿公的授權：「新台幣可以嗎？」我摸摸口袋裡的錢。

「可以，現在的匯率是二比一，這些魚統統賣你台幣一百元好嗎？」

我睜大眼睛一看：「哇，這一大堆魚只要一百元好便宜喲。」

我沒跟他嚕嗦就這樣全買了。

隨後，村長向他的同伴揮了一個手勢，眼見同伴們的小船像無頭蒼蠅一樣，一窩蜂地靠過來把我的船團團圍住。收購魚貨竟然不需磅秤就直接喊價也可以殺價，阿公看得目瞪口呆，不一會兒魚貨佈滿整個甲板。阿公見狀笑得嘴角與眉角齊，船員們亦然。目睹這一切我不禁的問村長：「你們為何急著要換現金呢？」

村長嘆了一口氣說：「哎呀，說來話長我們也是不得已的。」

他又問我：「船長，什麼時候再來買魚呢？」

「目前還沒時間表，但今後要如何找到你？」我反問他。

「除了刮颱風以外我天天在這個海域討生活。」

「好，知道了我們後會有期。」

水路航行中，阿公說：「我近半個世紀的海上生涯從沒遇上這麼好康的事，今後不必自己抓魚直接來此用錢買。」

「不行，這是可遇不可求的事，萬一有人向岸上的船老闆打小報告，你不怕船老闆追出來把我們千刀萬剮嗎？」

「嗯。」阿公雖然沒回應但似乎認同我的說法。

花。

之後漁船繼續朝北挺進，迎面來襲的強勁東北季風激起海面上不規則的浪

此時阿公要我掌舵學習開船的基本常識，以垂簾聽政的方式在一旁指導我船頭一定要對準浪頭絕不可與浪頭平行以防意外。

巨浪一波未平一波又起，這時一定要緊跟巨浪之後，若動作稍一遲疑被後浪追上的話，很容易導致方向盤失控或推進器的螺旋槳被海水中的漂流物或漁網纏住而發生意外。

進港後賣完魚阿公告訴我，明天是煮飯的小弟結婚大喜日。

我嚇了一跳並問阿公：「他才幾歲就要結婚了？」

阿公說：「新郎十三歲，新娘十二歲，小學剛畢業就論及婚嫁，本來在你小學畢業那一年，阿公也替你物色一位結婚對象，但後來我尊重你堅持要繼續讀書的決定，這件婚事才不了了之。」

我用懷疑的眼光問：「把二個乳臭未乾的小孩湊在一起，豈不是殘害民族幼苗嗎？」

「不，這不叫做殘害民族幼苗，因為大部份的鄉民全靠捕魚維生，早期的航海儀器非常落後，尤以收音機播放氣象經常出錯，漁民的生命財產沒有保障，為了傳宗接代不得已選擇早婚，這是鄉民們百年來延續迄今的風俗習慣。」

我再問阿公：「那我這一輩子註定要夜夜抱枕而眠了。」

「以你的年紀就要委屈一點找外地的或外籍新娘囉。」

外地人擇偶條件比較高不太可能接受討海人。那麼就透過仲介找外籍新娘了。

「用錢買的婚姻沒有感情我不要。」我說。

「沒那麼嚴重啦，感情是慢慢培養出來的，我舉個例子：你三姑婆的外甥年紀跟我差不多，早年喪偶之後在台灣一直找不到老婆，今年透過仲介幫他找到一位年約五十歲的菲籍新娘，現在他倆經常手牽手散步在漁港邊新生地的夕陽下，不知羡煞多少人。你阿嬤二年前因病過世，如果可能的話，我也想找個老伴。」阿公說。

「很簡單，那你同樣透過仲介就好了。」

「不，我想由水路找機會硬闖馬尼拉灣，你挑一個年輕漂亮的當老婆順便幫我找一個老女人給我當老伴。」

「哈！阿公你的身體還可以嗎？」

「沒問題，我的身體保養得很好。」

「阿公，由水路欲進入馬尼拉灣不是那麼簡單此事必須從長計議，如果等到我當兵回來你可能力不從心了。」

三

過不久，詭譎多變的七月海面上，南風吹起捎來盛夏來臨的信息。偶而南風拗北，滄海笑，乾涸河床的魚兒死翹翹。偶而放晴，漁人趕著上海淘金當然我們也不例外。

由於正值盛產期的黑鮪魚外銷日本的價格暴漲，引來許多船隻前往。雖然路過巴士海峽險象環生，我們還是躍躍欲試，期待這一趟黑鮪魚之旅滿載而歸。

出港後航行至巴士海峽之前，阿公特地關掉引擎要我跳下水將船尾部螺旋槳裡的雜物全部清除。

第一次來到菲律賓北端阿巴里的火焰山，風平浪不靜，海面上波濤洶湧，海象險峻呈三角形是所謂的「黑潮」亦稱「瘋狗浪」，稍一不慎船隻即被吞噬，我向阿公抱怨：「討海人真命苦呀。」

「嗯，不入虎穴焉得虎子？」

越過巴士海峽狹窄的海域來到黑鮪魚經常出沒的東部沿海產區，距離市內

三

約十二海浬處投下第一趟延繩，不料事與願違，收釣後漁獲物卻不如預期，阿公立即向大家喊話：「沒關係，今天不見黑鮪魚就看明天了。」

翌日清晨正忙於下釣，任誰也沒想到突然在船尾部出現一艘橡皮快艇，艇上有三人全副武裝，我再往後一看有一艘軍艦泊在後頭，讓我嚇出一身冷汗。

快艇靠近時艇上三個惡形惡狀的武裝人員對空鳴槍示警並揮手示意要我們立即放下手中的漁具，此時我已一葉知秋了。當他們繫好繩索上到甲板其中一人開口說話：「這裡是菲律賓領海你們的行為已經犯了非法入境及非法捕魚兩項罪名知道嗎？」

「我們是在十二海浬的公海上作業哪來的犯法呀？」

「我說你們現在的位置在東經一二一度北緯十七度三十六分捕魚，這是菲律賓領海你還要硬拗嗎？」

我沒回應。

他接著又說：「你知道這案件需送海巡總隊東部辦事處轉呈海軍總部後，再送地方法院等候判決，如法官認定你們有罪的話除了漁船沒收以外，還需繳巨額罰款，所有船員均需自費遣返。」

我同樣不理他。

稍後我們隨船被押往在後頭的艦艇，上軍艦之前，我聽見自己心臟猛烈的跳動聲，之後艦長問我：「你是台灣來的嗎？」

我回以：「是。」

艦長又問：「你會講英文嗎？」

「嗯，會一點點。」

「那你知道非法入境這種違法行為光是程序上的作業就不止六個月，再從待審到判決確定總共需要一年以上，這個空窗期不准出海作業，影響你們的生計甚鉅，我勸你在這裡花點小錢了事要不要？」艦長擺明的就是要錢。

「不是不要啦，我船上根本沒帶現金。」

艦長詭譎地一笑說：「怎麼可能？」

「我們是在公海上作業也要錢嗎？」我皺一下眉頭說。

「好，既然你不承認犯罪，就請你拿出証據吧。」

三

我馬上拿出天測儀測定的船位及航海記錄給艦長看。

「哈，天測儀是幾百年前的定位儀已不堪使用了，我們海軍使用的是羅遠接收器誤差很小。」

艦長否定我所提供的証據並說：「你如不信我言，那就公事公辦了。」

稍後我在想：莫非昨日中午測得的船位因風向風速和水流速度導致船位異動。但為時晚矣⋯⋯。

艦長揮了一個手勢，快艇上的三人將我們連同漁船押往市郊沿岸下錠，準備移送海巡總隊備詢。

此時我心慌了，猛回頭問：「艦長，請問你要多少錢才可放人？」

「嗯，壹萬美金即可。」

「好，我答應你。但請給我你的銀行帳號並帶我上岸打國際電話。」

「不行，你會去告密。」

「你既然不給帳號，我在台的家人怎麼匯款？」

「好，我給你一個本地華僑的姓名及帳號，但是你船上的羅盤、天測儀及海圖暫時留下來由我保管。」

「為什麼？」

「因為我們這裡沒看守所，以防脫逃。」

稍後我向阿公說明為了取信艦長，把船上三樣至寶拱手作保，否則將付出更慘痛代價的原委告知。

起初阿公相當震怒，後來我一再地解釋兩權相害取其輕的道理才了解我的用心良苦。

當晚雖然逃離現場，但失去三樣至寶我們就像瞎子走暗路一樣在海上寸步難行。

苦撐七天後，隨著一艘在北太平洋帛琉群島附近作業完畢才得以順利返航。

回到家，阿公因攝護腺宿疾復發，已確定不適合海上生涯，自即日起宣佈退休，由我升任船長一職。

四

接任船長之前，我極力向阿公爭取斥資加裝羅遠定位儀、方向探測機、雷達等航海儀器，唯氣象衛星尚未發射未能如願。

數日後，加滿油料冰塊及食物，我們就像一艘超級戰艦一樣滿載數不盡的希望與喜悅，在家人的祝福下航向不可知的未來。

水路航行中，在海圖桌內找出一本阿公留下的航海記錄，裡面寫著年月日、經緯度及漁獲物的多寡，表面上看他雖是粗人一個，但從這記錄本不難看出他老人家心思的細密。這本記錄雖僅能做參考，但至少能讓我更進一步地掌握季節性洄游魚類的動態，加上新裝的先進航儀，我有信心在海上事業闖出一片天。

結束處女航返港拍賣魚貨因物美價廉深獲好評，又因為收入豐厚，原本缺二名船員從現在起每航次來應徵的船員趨之若鶩，我精挑細選後把延繩延長以增加魚獲量。

隔年九月下旬，我們在馬尼拉以西三十海浬外的公海上作業，第一、二趟下釣的漁獲量約四千公斤，是我擔任船長以來魚獲量最高的一次。九月廿六日正欲返航中午從收音機得知有一輕度颱風在菲律賓東方海面伍佰海浬朝北北西進行，原以為是往日本方向走，只是風浪大一點，雨勢唏哩嘩拉地下來是常態，並不太在意。

隔日清晨，豆粒般的雨點再度狂暴，船長室前的擋風玻璃禁不住強風的襲擊已有破損，此時海面一片蒼茫。

我見有異，再仔細收聽日本ＮＨＫ的氣象報告後確定颱風名為「艾爾西」，昨日深夜登陸菲律賓中部之前已轉為中度颱風，今天中午過後有可能成為強颱，如風向不變的話直撲台灣尾而來可能會為台灣造成嚴重災害。

此時我頭皮一陣發麻，莫非昨日中午的氣象報告我把風向「西北西」誤以為「北北西」，心想：這下子肯定會出人命。

在心焦如焚之際，猶記得阿公的叮嚀：大部份的颱風都是由北緯五度東經一百四十度發生熱帶性低氣壓後逐漸形成，最常見的是朝西北西或正西，所以往南走比較安全。

原本朝北欲返台的我立即變更航路往南走但為時晚矣，放肆的西南勁風四面八方襲來，讓船員們在甲板上無法立足。近午時，烏雲密佈天邊飛砂走石，犀利的暴風圈鷹眼清晰可見，我發現苗頭不對，本欲就近硬闖入馬尼拉灣避風，但

四

因逆風船隻已無法向前行，我深怕此時出現瘋狗浪，遂下令立刻抛下海流錨將船首固定以防意外。

從未遇驚濤駭浪的我欲哭無淚、面色鐵青又兩腳發軟，我立即告訴自己：要鎮靜不要慌，否則情況會更糟。突然一個巨浪打來發出驚天巨響，船首隨即下沉，所有船員均逃進船長室避難，在千鈞一髮之際欣見船首微微浮起，不知哪來的勇氣，我臨危不亂決定暫由一名資深船員掌舵，和三名年輕力壯的船員冒著生命危險，趕緊把艙內所有的漁獲物抬上甲板丟入海中，以防載重量過重，巨浪來襲時船身不堪負荷，我和船員們將永躺海底。

隔日清晨，風停雨也停。和煦絢麗的朝陽在東方天際冉冉升起，就像一盞金色光芒映照海面。根據老漁人的經驗，颱風過後海水變淡，魚兒咬餌情況較凶，上鉤的機會大，本想再下二趟延繩，無奈活魚艙內的虱目魚餌及冰塊已於昨日隨同漁獲物一併淨空，這一趟我們就像到愛斯基摩賣冰淇淋一樣注定空手而返。

返航途中看見船員們在甲板上托著下巴若有所思昔日的歡顏全沒了，擺出的一副苦瓜臉似乎在告訴我：家裡快沒米下鍋還笑得出來嗎？我心有戚戚焉。於是我想出一個歪主意：回頭再找村長鋌而走險一次大概不會有事吧。

來到老地方枯等一天卻不見村長，船員們問我：「船上沒冰塊買魚有用嗎？」

「哈！……大家稍安勿躁，我自有辦法。」我得意的一笑。

隔日清晨太陽尚未露臉，東方一艘小船朝我們急馳而來，原以為是村長的出現，但靠近船舷時我仔細觀察他背部揹著的一隻小烏龜卻不見了，我機警地提醒自己：不可能，這不是村長，事有蹊蹺不得大意。

上甲板後其中一人惡狠狠地對空開一槍並大喊：「哪一位是船長？把他抓起來。」

「是我啦，不用抓，請問有什麼事嗎？」

「你們是來買魚的嗎？」

「不，不，我們只是路過而已。」

對方又問：「騙鬼，不買魚停在這裡幹嘛？不老實說你們將見不到明天的太陽。」

「我們是在觀賞一群小漁船的海上分列式。」我答。

此時另二名菲人隨即掀開船艙，發現裡面空無一物又問：「這是怎麼一回事？」

「日前遇颱風，我擔心載重量過重船身無法負荷，所以把艙內淨空以策安全，艙內空無一物証實我所言不虛吧。」

對方緊接著又問：「你怎麼會講英文？」

「會講英文沒什麼了不起啦。」

對方終於相信我的說詞後並釋出善意邀我一起上馬尼拉灣一遊。

「改天吧。」我說。

此時對方的主事者來插一嘴：「我店裡很忙，沒多餘的時間陪你上馬尼拉灣很抱歉，只做簡單的自我介紹，我名叫羅蘭多，是十三艘小漁船的老闆。因為前一陣子我的船每一趟回來盡是一些不值錢的下雜魚，我懷疑他們在海上偷偷地把魚獲賣掉讓我血本無歸，所以才抽空從馬尼拉灣追出來了解真相。」

「喔，原來是這樣。」

與此同時，他遞給我一張名片並說：「改天再連絡。」

為方便日後連絡，我馬上把備用的對講機拆下教他使用方法、連絡方式以及記得要充電後立即啓程返台。

五

他們走了以後我鬆了一口氣，慶幸除了沒闖出大禍以外還交了一個新朋友。

回到家向阿公敘述遇強颱有驚無險的歷程後，他拍拍我的肩膀說：「乖孫欸，不經一事不長一智，一個擔當重任者必須具備在惡劣環境中逆向學習成長的能力。」

緊接著他又說：「這次艾爾西強颱重創全台，尤以台中地區颳起十四級風，農損相當嚴重，台東吹焚風燒死二十五人，其實海上生涯比陸上還安全呢。」

不過，我很懷疑自己是否適合繼續海上生涯，正在猶疑不決之際，阿公勸我不妨請教算命仙卜卦做參考。

結果還是鼓勵我照原路走，定有貴人相助。

殊不論卜卦的準確度若何，我抱著姑且信之的心態，數日後，當和風升起我再度揚帆。

浴火重生之後的首航來到熟悉的漁場時值深夜，我下令全船船員稍事休息

五

準備明晨下釣。

隔日，晨風裡彌漫一股淡淡的燒焦廢輪胎的氣味，我有自知之明今天的漁獲肯定不佳。本想再順延一天，唯因箭在弦上不得不發，收釣後，果然不出所料提上甲板的漁獲幾乎被海豚吃掉，只剩下一顆頭顱，我一時看傻了眼呆坐在船長室悶不吭聲。

第二趟的魚獲並無改善，我不信邪再往西六十海浬下第三趟，所得魚獲雖有進展但還不是很理想，我擔心這一航次又要虧老本了。

「船長，我們出港前忘了到土地公廟拜拜才會那麼衰。」船員們紛紛怨聲載道。

「沒關係，我們試著再找村長或羅蘭多碰碰運氣吧。」我說。

來到老地方不久已和羅蘭多取得聯繫，但望穿秋水還是盼不到村長的影子。

「喂，喂，船長嗎？歡迎你再度光臨，我今天閒著沒事可以帶你到岸上逛一逛，尤其馬尼拉灣的女人像泡泡糖越嚼越有勁，也像小鳥依人一樣很溫柔欸。」羅蘭多說。

「謝了，老實告訴你，上一航次遇颱風損失慘重，這一航次魚獲量欠佳，我哪有閒情逸致到處尋花問柳呢？如果你願意幫我的話，建議依魚市場的批發價向你買魚，試試看用這種方法是否可以彌補我這一航次的虧損。」

「嗯，好的，我答應你明天早上會派女兒到現場，但是貨款一定要交給我女兒。」

「好，我們一言為定。」

隔日清晨，果然來了一個妙齡女郎開著一架山葉牌橡皮快艇靠在我船舷邊，上甲板短暫寒暄後得知她名叫貝特。我也告訴她，我名叫HENLY TSAI，但今後就直接喊我船長即可。

隨後，她招來自己的漁船依照約定過磅後總重量才三百六十公斤而已，此時別的漁船紛紛靠過來準備插一腳，當他們發現貝特在場之後不發一語即黯然離去。

完成交易在船長室坐定，她從包包裡拿出一本中英菲會話對照表給我並說：「船長如有意來菲創業必先學會菲語才不會處處受制於人。」

我翻一下書的內容好像沒那麼簡單學習，就隨口問她：「講英文可以嗎？」

五

「可以，但是不會講菲語受騙的機會比較大」。

臨走前，我要求貝特探詢別的有意在海上交易的船老闆明天共同來參與。

隔日，果然有不計其數的船老闆授權貝特招來眾多漁船參與海上交易，總重量超過四千公斤，每公斤以淨利二十元台幣計算，獲利遠不及直接向漁民買。於是我再問貝特：「馬尼拉灣的岸上還有別的海產價錢比較便宜的嗎？」

「有。我一時也說不完，但是我知道你們台灣人最喜歡做的生意是虱目魚苗，因為牠是野生苗，存活率特別高，造成生意人來此搶購的熱潮。」

「貝特，妳誤會了，我的意思是何時魚苗才會供過於求價錢才會便宜。」

「嗯，就是要等在地的魚塭放滿或還在曬池消毒的空檔。」

「還有其他的嗎？」

「像紅蟳、海膽、九孔、海瓜子之類的海產價錢都很便宜但不易保鮮。另外我知道芒果外銷日本、香港因品質鮮甜來此搶購的生意人很多，據說獲利甚豐。」

「那妳怎麼不自己做呢？」

「我的條件不夠。」

來的。

「是錢不夠嗎？」

「不是，因為我是家中的獨生女，身邊沒有一個男人協助我運籌帷幄是做不來的。」

「那妳爸爸不肯幫忙嗎？」

「他光是管理漁船和魚塭就已分身乏術，如能再做其他事業全是騙人的，如你有興趣的話我倆合夥來做好嗎？但前提是你的人必須定居在馬尼拉。」

「貝特，留一些賺錢的機會跟別人分享好嗎？」

「不，如果可能的話我想擁有全世界的財富。」

「貝特，我勸妳做生意要細水長流，千萬不可貪求無厭，同時我要告訴妳，我還沒當兵也不能坐飛機出國來此定居。」

「沒關係，我等你當兵回來。」

「貝特，我鄭重地告訴妳：世事難料，相隔多年豈能預約？」

六

貝特遠離後船舷邊突然冒出一艘小船，細看之下原來是久未露面的村長。

來到船長室坐定，我問村長：「最近中了彩券嗎？怎麼突然消聲匿跡呢？」

「不，我最近患了急性膽管炎住院開刀，現已恢復正常了。」

「噢，難怪這回村長的氣色大不如前。」

「開刀前漁友們對於你來買魚的傳聞甚囂塵上，唯因開刀在即，無法分身前來才作罷。這一次我已在此等候三天了，剛才在不遠處看到一架橡皮艇靠在你的船舷邊我已知道來者是誰了，所以不敢前來和你會晤。」村長說。

「喔，原來如此。」

「請問船長，你跟她們交易有賺錢嗎？」

「被她們剝一層皮後可想而知我又能賺多少呢？」

此時，村長臉色凝重地告訴我：「她們是我隔壁村的有錢人和我的船老闆同是為富不仁，像這回我必須緊急開刀向船老闆借貸，光是利息就要十分，夠狠吧，這也是我們在海上抓的魚急於變現的主因，所以日後希望你儘可能不要跟他們打交道。」

我聞言立即掏出口袋裡僅存的壹萬元台幣給村長彌補住院開刀的開銷。

「哎呀，船長，大恩不言謝。很慚愧我家快沒米下鍋，這筆錢正好可以助我們脫困。」

「村長，別客氣啦，以後有困難盡管說，我會盡力協助你。」

跟我一齊坐在船長室的村長臨時站起來伸伸懶腰，看到前所未見的儀器狐疑地問這是什麼？那是什麼？我則毫不保留地一一告訴他。

「我這一輩子都沒福份用上這些先進儀器，難怪你們台灣人那麼會賺錢。」村長說。

「好啦，今天就到此為止，魚貨為了保鮮必須立即趕回台灣。」我順手拿一台新買的對講機教他使用方法以便下一次聯絡，「但一定要記得充電。」

接下來的這一航次我們迫不及待地在一個微涼的晚上趕到現場，下完錠後坐在船舷吞雲吐霧，一盞月光斜影映照海面。

突然船舷下游來一隻草蝦，幾秒鐘過後水面上開始冒出泡泡，這隻草蝦像是母的分娩前的陣痛在水面下翻滾拍打而激起浪花，我立即用細目網將牠撈起置於保利龍箱中。

因為我對於蝦母繁殖的知識一竅不通，不料隔天蝦母便在保利龍箱內一命嗚呼。

六

清晨很順利跟村長連絡上，來到船上我問他：「菲律賓出產蝦母嗎？」

「是的，這裡除了出產蝦母之外還有許多天然資源尚待開發呢。」村長說。

「真的嗎？」我愣了一下不發一語。

之後我再問：「從這些天然資源當中你可以幫我選擇一項可利用我的漁船往返台菲做生意嗎？」

村長想了一下眉角微揚地說：「有啊，現成的虱目魚苗價錢很便宜，可利用你的船來做生意但是你的船必須有活魚艙，如你有興趣的話我帶你去現場參觀好嗎？」

「好，那我們不妨一試，需要上馬尼拉陸地嗎？會不會被抓呢？」

「嗯，一定要上馬尼拉，但你跟在我身邊不會被抓啦。」

「那我的船怎麼辦呢？」

「船就開到公海下錠，談妥生意我開小船送你回來。」

於是，我拿出電浮標並交代一位資深船員在公海下錠後，二十四小時開著雷達防海軍追緝、方向探測機對準我的電浮標以便隨時掌握我回程的動態。

過不久上了陸地來到村長的家，它是一座茅屋除了房子老舊以外，還向左偏斜約十五度，這一座搖搖欲墜的百年老厝，實可列為歷史古跡了。

我四處張望很懷疑這種房子怎能住人？

村長見狀忙著解釋：「我這座房子表面上看起來危機四伏，但是一百多年來歷經多次強颱、地震都毫髮無傷，因沒錢翻修請不要見笑啊。」

進入屋內我發現怎麼空無一人？正欲開口問，村長忙說：「她們可能去看病，沒關係我們坐一下就走。」

鄉下沒計程車，唯一的交通工具是吉普車，但班班客滿，有的甚至爬坐在車頂險象環生。

沿途望見許多年輕人抱著吉他躺在樹蔭底下，就像叢林裡沒聽眾的合唱團一樣自我陶醉，我禁不住問村長：「這群年輕人不需要賺錢養家嗎？」

村長笑笑說：「菲律賓人樂天知命，肚子餓了就爬上椰樹上吃椰果度日，不會餓死啦。」

我聞言除了莞爾一笑以外並沒表示任何意見。

七

候車的時間我和村長約定見到供應商的時候要我裝聾作啞，因為菲律賓有些商人很會坑外國人，待談妥價錢及運送方法後，我們拒絕供應商的招待急回船上。

一路上我反覆地問村長：「供應商說的價錢每一百尾魚苗是菲幣十元，一天至少可提供一百萬尾或以上你沒聽錯吧。」

村長點點頭肯定沒聽錯。

稍後我主動告訴村長：「魚苗的生意一旦做成，你將有一份豐厚的佣金和家人分享。」

返台後找好魚苗買主談妥價錢，我認為我們將在此時不景氣的漁業界改寫歷史。

於是，我趕緊向漁會、縣政府水產科申請變更漁業執照裡的漁業種類為魚苗捕撈，核准後我用手臂粗的竹竿自製二支V字型細目網置於船尾部，故意製造魚苗撈捕專用的假象，並加裝一台空氣壓縮機置於活魚艙旁，之後我交代所有船員若遇檢警單位追查魚苗來源時，一定要口徑一致是在東沙島附近海域現撈的，這種以合法掩護非法的行為任誰都無法查出真相。

我們不必裝冰、食用水，只要油料和足夠的現金，浩浩蕩蕩地趕來馬尼拉灣以西三十海浬的目標和村長會合。

今晚沒風，四周的空氣顯得相當沈悶，星斗漫天擁擠在夜幕上閃爍發光。

我和村長坐在船舷邊閒聊，突然有一尾像似迷路的魟魚悠哉遊哉地靠近船舷並用雙翼拍打水面緊接著又來一尾。

「船長，你看這裡的資源那麼豐富。」

「是啊，我也想利用這些資源來賺錢，只可惜我還沒當兵不可能出國來此創業。」

「你現在不是來菲律賓了嗎？」村長問。

「由水路來是鑽法律漏洞，但來菲之後總是要偷偷摸摸不能名正言順地永久居留，辦正式的手續你有門路嗎？」

村長毫不猶疑地說：「有，等你當兵回來只要匯來柒萬伍仟美金即可辦理投資簽証並取得永久居留權。」

「匯來的美金可以領出來做生意嗎？」

「可以。但是領出來的是菲幣，政府是要賺外匯啦。」

「嗯，我知道了。」

促膝長談至清晨，未及用早餐村長卻忙著趕往魚苗現場。

等待的日子很難熬我日夜引頸期盼卻不得要領，三日後村長空手而返讓我的發財夢瞬間化成泡影。

根據供應商的說法，在地魚塭的需求量激增，當然以在地的優先為由把村長的訂單排除在外。

村長據理力爭後的第二天才勉強送來十萬尾。我禁不住破口大罵：「他根本是在莊孝維把我當猴子耍，太可惡了。」

這時候村長更是火大，再度折返現場和供應商理論。

結果還是一樣，倒是回來的村長告訴我：「供應商可能已知你是台灣人故意要敲你的竹槓。」

我回以：「如果不幸被你言中的話該怎麼辦？」

「如對方要求加價你可以接受嗎？」村長問。

「可以。」村長再問：「如對方要價每百尾二十五菲幣呢？」

「好，我如接受新價的話今天可以拿到貨嗎？」

當晚還是一樣只接到十萬尾，為了爭取時效暫不予計較，我只是很討厭被敲竹槓的感覺。

悻悻然返台後，二十萬尾交貨取款一切順利，屈指一算果然是有厚利可圖，於是我們再度重返現場。

接下來這一趟，對方食髓知味竟然獅子大開口每百尾要價四十菲幣。

我愣了一下眉頭緊鎖，稍後即和村長研商對策，許久才做出結論：「你敢得罪供應商嗎？以及你會做生意嗎？」

村長回以：「只要不去殺人放火或惡意攻擊別人，對方違約在先就不算得罪人，至於做生意我會做但沒本錢。」

七

「好，就這樣拍板定案本錢由我負責，另請問你有幾個孩子？可以為我效力嗎？」

「可以，我有一個女兒二個兒子大學即將畢業。」

「二個兒子可以暫時休學來協助我嗎？」

「沒問題，但是你要告訴我們怎麼做。」

我把計劃中最重要的工作內容告知：除了直接向漁民採購、提高收購價錢以外，並派二個兒子沿海岸線北上至阿巴里的各部落張貼高價收購虱目魚苗的海報和漁友們廣結善緣。

「船長，這個方法很好，但不會馬上有結果。」村長答。

「沒關係，我願意等。」同時，我將早已準備好的現金交予村長，並囑咐一定要先取得現有的百萬尾魚苗後再開始收購。

船員們獲悉後禁不住問我：「萬一村長捲款而逃，你豈不成了冤大頭。」

「對，這是一場豪賭，賭的並非牌桌上的輸贏，而是村長的人格。」

回到家，阿公已得知消息力勸我不要進入菲律賓領海以免落入軍方的陷阱而淪為階下囚。

我開玩笑似地回以：「安啦，既然覬覦暴利就必須承擔風險。」

數日後我們再到現場，村長已陸續收到二十萬尾加上對方的一百萬，總共一百二十萬，我知道做事起頭難，何況北部沿海的魚苗尚未到貨呢。

我拍拍村長的肩膀說：「感謝你們全家人的合作。」

唯對方已一葉知秋，因為我直接把產地價錢抬高他必定跟進，否則拿不到貨。

至此，村長提醒我慎防小人，「萬一對方找來海防部隊對付你，後果不堪設想。」

「放心啦，我已學乖了船上有雷達二十四小時監控，不可能重蹈覆轍的。」

返台前我再加碼每百尾二十八元，並授權村長視情況必要時可加碼至三十元，我決意要壟斷整個魚苗市場給這個食言而肥的供應商深深的教訓。

詎料，不認輸的供應商照樣跟進，但在地魚塭業者不接受一再的新價以至於乏人問津。再過幾天卻傳出他的魚苗在大臉盆內因一再地拖延時日出貨導致水源污染、飢餓而互相殘殺情況非常嚴重。

村長再問：「如果北部魚苗大量湧入要怎麼辦？」

「沒問題啦，我船的活魚艙可容納至少五千萬尾的魚苗，艙內有循環系統保証不污染水源。」我笑笑說

此時，倒楣的供應商不得已派人欲找我議和，卻遭到腦袋比石頭還硬的我回絕。

從此菲律賓西部海岸線生產的魚苗預計八成以上全落在我的手中。

八

每趟菲律賓回來賣完魚苗後的工作就是數錢數到手抽筋，男人口袋鼓起來就會膨風，當然我們也不例外。

老一輩的船長見了我比出大拇指大喊：「時勢造英雄，英雄出少年啊。」但有少數白目的船長則反脣相譏：「海裡哪來那麼多的魚苗可撈，除非他們去做黑的。」更有人直接罵我：「你好賊喔，海裡的金銀財寶全被你搜刮一空，那我們只能喝西北風了。」

直到秋風漸起陣陣拂颭海面魚苗洄游大海，以致數量銳減，我和村長結清尾款及佣金後相約明年再見。

今年最後一趟回來時，不知哪位抓耙子打的小報告，我們一進港就被請去港區聯檢處喝咖啡。

問筆錄的是一位少校情報官，我和船員們早就有心理準備，儘管情報官問了老半天也問不出所以然，但他一再強調我們最近瘋狂地購置房地產的行為若說是在海裡撈到的黑金豈不自欺欺人？

此時，我還來不及反應，負責船隻進出港安檢的士官手裡拿著一疊現鈔向情報官報告：「鈔票是在船長室內的抽屜找到的。」

案情就此急轉直下，情報官立即派人找來大水桶把我們當蟋蟀猛灌水以查明真相。

雖然我們矢口否認但情報官懷疑錢是購買槍枝毒品的剩餘款，更不可思議地懷疑毒品已由沿岸的竹筏接駁上岸了。

被冠上莫須有的走私罪嫌之後，船員們的眼光凝視著我，似乎要我搶先作答。

於是我坦白承認：「我們撈捕魚苗是經由縣政府水產科正式核准的，並無不法行為。攜帶現金出海是因為捕撈魚苗需要靠近菲律賓領海的小島，菲海軍往返巡邏艇都會在此出現，錢是準備行賄用的，如沒自備現金行賄的話，難道要我們帶刀帶槍出海跟菲律賓海軍拚命？另外我也考慮到我們的政府礙於外交弱勢，萬一被抓關進大牢政府頂多派人到牢房外問候二句和通知家屬付款放人以外，又能做什麼呢？所以我們必須自備現金在船上自求多福。」我侃侃而談。

情報官再問：「你明知會被抓為什麼還要去冒險？」

八

「為了填飽肚皮呀。」我答。

至此，船員們腹部積水過量有如膨風的青蛙，雖無致命的危險但苦不堪言。

情報官聽完陳述後雖然斥責我胡說八道、另有隱情但始終找不出任何犯罪的証據。

「喂，船長不要再狡辯了，你如同意我們登船查驗有無密窩設備的話，請在同意書上簽字捺指紋。」

「報告情報官：沒什麼密窩啦，你的想像力太豐富，可以去當作家不適合當軍官。」

「你廢話少說，我再問一次，這張同意書你簽不簽。」

我接下同意書了解內容，簽字捺指紋後才警覺到查密窩一定要撬開船艙，我馬上向情報官反應：「你們若懷疑我涉有重嫌，是否可以由聯檢處依法貼上封條再上呈警備總部派人擇期安檢？或用偵測器偵測是否有金屬及毒品的反應。」

「不，不，這種處理方式緩不濟急，聯檢處一旦認為你們涉有重嫌，有權依法執行查緝的任務，至於你所擔心在查緝中破壞艙內的設備一事，本處不負賠償之責任但事後可上呈警總請求賠償。」情報官說。

官說。

我禁不住再問：「執法哪有先斬後奏的事？」

「既然你已簽同意書為防止消滅証物，依我們的職權就不得不拆了。」情報官說。

「天啊，欲加之罪何患無詞。」我一臉的無奈。

「你少囉嗦。」情報官一怒之下勒令我及船員們暫押拘留所，並派人將漁船開至造船廠上架受檢。

船員們在拘留所內怨聲載道，我急於安撫他們的情緒忙說：「安啦，雖然我們已被貼上走私嫌疑的標籤，但不會有事的。」

三天後，所有船艙夾層的設備被破壞殆盡，查無犯罪跡象。

稍後情報官諭令暫時釋放並歸還扣押的現金一疊，容後繼續觀察。

回到船上撞見甲板上一片狼藉差點昏倒，我欲哭無淚。

我強忍傷痛將被拆得稀巴爛的証據拍照存証準備向警總求償。過不久收到警總回函敘明聯檢處執行任務並無不當，所請難以照准。

我禁不住破口大罵，對於不擇手段又不負責任的情報官的辦案態度相當不滿。

漁船修復後不久，東港水產試驗所虱目魚苗繁殖成功，價錢狂瀉。因此台灣沿海捕獲的或菲律賓的野生苗一概無人問津。

試驗所這項重大突破帶給了幾家歡樂幾家愁。樂的是台灣本土的養殖業者不再對於野生苗的依賴，愁的是斷了財路的我一顆心就像孤魂野鬼一樣地在峰頂與深谷間來回擺盪。正在徬徨失措之際猶記得曾經讀過一本書：「人生遇到挫折時你不妨換個角度去思考，問題也許會迎刃而解。」

隔年初春，強勁的東北季風足以吹倒路邊的大樹，卻吹不散我堅強的意志力，欲藉著村長的人際關係找生路，遂載著二十萬尾繁殖苗來到馬尼拉灣沿海和村長會合，但在其背後卻多了一位妙齡女郎跳上甲板。

稍後經村長的介紹才知是他的大女兒，隨船出來幫忙打雜。幾秒鐘後忍不住偷瞄一眼。心想：村長的家像雞窩怎可能生出一隻金鳳凰呢？

此時我的心跳加劇、全身血液澎拜直衝腦門，我再次地偷瞄確定沒看走眼之後，我心裡終於有譜了。

九

直至心情回復正常彼此寒喧之後得知她名叫「蘇珊」，同時我告知台灣本土的虱目魚苗已大量繁殖成功，價錢狂瀉，希望妳們幫忙找市場，我想跟你們菲律賓人做生意，好嗎？

村長問：「嗯，很好呀。但萬一賣不出去怎麼辦？」

「我們自己租個小面積的魚塭自己養可以嗎？」

稍後我手拿細目網攪動活魚艙的海水，提上來一些魚苗用塑膠袋分裝數包交村長帶回。

村長、蘇珊一走，船員們立刻嘻嘻哈哈地大叫：「船長，有好康的不要獨享喔，千萬不要忘記和你生死與共的兄弟們喲。」

「什麼叫獨享？你們以為蘇珊是煙花界的女人嗎？」我扳起臉孔一副不屑一顧地回答。

九

「不，不，我們不是這個意思，如果可能的話只是希望她介紹幾位跟她一樣漂亮的女人和我們分享。」

「你看，原來你們都是豬哥公會的會員。」

其中一名船員搶著說：「先介紹給我啦，我保証讓她嚐嚐一夜七次郎的滋味。」

「呸，馬不知臉長，男人不要只剩一張嘴好嗎？」

「哼，不信的話這次回台到妓女戶找個女人試試看你們就知道了。」

「像你長得貌不揚、嘴不甜，哪個女人會鳥你？」

「錯，錯了，我偏偏就是有女人緣。」

「呸，我聽你這個豬八戒在鬼扯，有女人緣到現在還光棍一條。」

「好啦，你們的想像力別那麼豐富，萬一讓她聽到不嚇跑她才怪呢？」

「放心啦，她聽不懂台語。」

談笑聲此起彼落，稍後由於我的一句「不要吵啦」，把船員們的膨風話題全消失在晨風中。

平常樂天知命的村長，三天後卻帶著一副苦瓜臉來到船上。

「村長，蘇珊怎麼沒一起來？」我問。

「她還拚命在幫你找客戶。」

「村長，看你的表情我就知道找不到客戶了，不是嗎？」

「嗯，沒錯。你的樣本魚苗肉身細如髮絲，大部份塭主都認為存活率低，不像在地野生苗的粗壯隨便放養即可。」

「啊，我忘記告訴你教塭主先將魚苗放養在塭內特設的小池裡約七天，每天早晚用米糠飼養，若置於保利龍箱內會互相殘殺，當然存活率低，七天後牠們適應環境再放入大池就跟野生苗一樣了。」

「嗯。」村長點點頭表示認同我的說法

於是我要求村長再度和塭主接洽，不行的話就自己養。

九

「你要自己養可能嗎？」村長問。

「不是啦，我們臨時租漁塭找一位工頭由小面積做起再逐漸擴大，目前我可以拿到最便宜的苗，說不定會為我闖出一片天。」我說。

數日後的晨曦，海風中夾雜著些許寒意卻澆不息來者的熱情。

當小船靠近時，「哈囉，船長早安，我們來囉。」小船上有人一面打招呼一面送來一個飛吻。

我揮揮手回禮細看之下原來是蘇珊，在其背後又多了一位老女人，上船後經村長介紹方知是蘇珊的奶奶，她是在菲出生的西班牙後裔，看起來徐娘半老卻風韻猶存。蘇珊就像是奶奶在影印機印出來的混血兒一樣水噹噹。

稍後，煮飯的小弟端來熱咖啡大家邊喝邊聊。

「船長，很對不起，我再度受挫了。」村長很無奈地說。

「啊，辛苦了，又害你們去踢到鐵板。」

蘇珊忙說：「船長，租魚塭之事已滿檔了，怎麼辦？」

我愕了一下向村長建議陪我上岸找羅蘭多可能還有空檔可以做最後一搏，「好嗎？」

許久，村長才說：「好吧，就依你了。不過我很擔心對方懷疑我們是怎麼認識的要如何回答？」

「放心啦，我自有辦法應付。」

「一行人上岸後暫時把奶奶和蘇珊留在家，我和村長戰戰兢兢地來找羅蘭多。」

開門的是貝特劈頭就問：「咦，這位不是船長嗎？我爸剛好有事外出，來……請坐，你們專程上岸不知有何指教？」

「是的，我是船長，村長邀我上岸逛一逛順便來找妳們做生意。」我拿著一包魚苗樣本在手裡晃。

「那是魚苗嗎？噢，船長，你有沒有搞錯，我們這裡盛產魚苗，你們來找我賣魚苗豈不是本末倒置，在孔子面前賣三字經，令人啼笑皆非嗎？」貝特說。

九

「貝特，妳會錯意了，我原本想找個魚塭自己養也許是我時運不濟卻意外地碰上魚塭滿檔，猶記得妳曾經告訴我妳們有魚塭，請問妳的魚塭還有空檔嗎？」

此時，貝特的眼光瞄向村長問：「你們是在海上買魚認識的嗎？」

我馬上搶著答：「不，不，我是有一次路過此地正值下大雨，視線極差無法看清楚前方，有一艘小船就一直往前衝，當村長大喊救命時我才停車察看因而認識的。」

「喔，原來如此。但我還是勸你不要跟馬尼拉灣沿海的漁民鬼混，尤其是直接向他們買魚。因為我看你一副老實相不忍心讓你成為槍下冤魂，所以藉口邀你合夥來做芒果，出口的生意好，讓你遠離這個是非地，要不然菲律賓人才濟濟何需找你合夥做生意呢？」

此時，貝特從我手中接過樣本仔細瞧瞧才說：「我的魚塭現在剛好有空檔，但是這種苗肉身太細嫩不適用恕不接受。」

「如果妳願意幫忙的話請把妳的工頭找來，我教他只需七天的時間如何變成和野生苗一樣的方法。」我說。

雙方沈默幾分鐘後，貝特想出一個折衷的辦法：「如你所言不虛，我可以空出一公頃讓你寄養，但前提是我暫不付款，待日後收成再付，好嗎？」

「貝特，錢不是問題啦，不過，我這回帶二十萬尾來，一公頃的面積似嫌不足欸。」

「要不然你需要幾公頃？」

「至少也要四公頃。」

「好，算你欠我這個人情，日後看你怎麼還，這一次我會替你想辦法。」

「嗯，好，我們就這樣說定了，明日我會派人送來。」

回程為保護我的安全，他們母女一同掩護我回到船上。一路上村長牢騷滿腹：「船長，不要被剛才貝特溫文儒雅的談吐給騙了，其實她是一個惡名昭彰的狠角色，在二年前她結合岸上的一群暗夜豺狼組織一個馬尼拉灣以西海岸線號稱『十二金釵』的非法團隊，藉著一架橡皮艇來無影去無蹤專門針對在海上交易的台灣人施以酷刑，因此被冠以『鬼見愁』的罵名。」

「船長，不要氣餒，並不是只有魚苗的生意可做實在不需要跟貝特那種人交往，希望不要忠言逆耳。」

「菲律賓物產豐富人工又便宜，適合外國人來此投資創業，我們全家人都會支持你，但堅決反對你跟貝特來往。」蘇珊說。

「嗯，跟貝特交往是純粹在利用她，今後將自我節制盡量疏遠她，至於來此創業一事正在規劃中，不過我親眼目睹一般漁民的日子好像過得很清苦，怎會是投資天堂呢？」我反問。

「不錯，船老闆按三七分帳，所以漁民的一日所得有時還不足以糊口，但是投資者大可利用這個優勢而坐享其成。」村長說。

十

談話稍一中斷，一名船員馬上趴在耳邊提醒我：「船長，別忘了我們這些打火兄弟喔。」

我狠狠地瞪了他們一眼並破口大罵：「別吵啦。」

稍後，村長受託將二十萬尾魚苗一併帶回，臨走前除了互道珍重再見以外，奶奶還不忘來個禮貌性擁抱，尤以蘇珊的最後一抱讓我神魂顛倒。

這一幕卻讓船員們面面相覷，返航途中我向船員們說明談話內容，但從臉上不屑一顧的表情不難看出他們的內心頗有怨言。

返台後和阿公閒聊時談到我計劃轉往菲律賓創業一事，這一次他老人家已不再嘮叨，反而鼓勵我提早入伍早去早回，「二年期間我會將漁船上架保養你就安心去當兵吧。」

當完二年兵退伍返鄉後，迫不及待地趕辦出國手續，阿公見狀一再叮嚀：「不要急啦，凡事要一步一腳印千萬不可唐突。」同時我問阿公：「這次去菲律賓順便幫你帶個老女人回來當老伴好嗎？」

「不用啦，阿公年紀大了已力不從心，你先去做好市場調查比較要緊。」

人生第一次來到馬尼拉國際機場，拖著一箱水果和隨身行李在入境室內吵雜的人群中來回走了好幾趟，卻不見村長及家人。許久，才聽到一熟悉的聲音，細看之下原來是蘇珊在人群中冒出第一句話：「哈囉，船長……你是船長嗎？身材怎麼走了樣，跟二年前判若二人。」

「是啊，妳不覺得我現在變得又帥又壯嗎？」

完成接機後大夥兒走出大廳，徐徐涼風夾雜淡淡的玉蘭花香味迎面襲來，令人心曠神怡。

依照慣例和村長一家人禮貌性擁抱之後，我取出帶來的一箱鳳梨釋迦在車上和他們分享。

在車上，村長首先問：「船長，在台灣當兵很苦嗎？」

「是啊，我剛入伍時正值酷暑，熱浪一波波襲來，每天出操就像在大悶鍋裡的北京烤鴨一樣，被榨乾身上的肥油，出操回來，寢室內通風設備不良，空氣中瀰漫一股汗酸夾雜臭襪味令人作嘔，前後八週的新兵結訓後我足足瘦了十公斤。」

村長聽了哈哈大笑。

「後來編入儀隊再接受更嚴格的訓練。結訓後又減了十五公斤，方知原來儀隊是全國最大型的免費減肥中心，日子雖然很苦但是身體變壯了走起路來虎虎生風，你不覺得嗎？」

「噢，原來如此，我以為你的身體出狀況，我真是兩眼無珠，非常抱歉。」村長說。

此時，我注意到蘇珊她們母女倆低著頭一口接一口的大啖台灣水果，不吭聲。

稍後蘇珊突然冒出一句：「船長，台灣水果太好吃了，可是怎麼會有二種口味呢？」

「那是鳳梨和釋迦的混種，當然好吃。」

「什麼叫混種？我聽不懂。」蘇珊問。

「就像妳爸爸是菲律賓人，奶奶是西班牙人的混血就會生出像妳一樣的超級大美女，當然啦，水果混種就特別好吃。」

我一句讚美的話逗得蘇珊心花怒放，她立刻回敬一句：「船長，你的嘴巴像是沾了蜂蜜一樣好甜喲，讓我感受到好話一句三冬暖的涵意。」

我則會心的一笑。

話聲落下，在狹窄的空間裡又是一陣歡笑聲不絕於耳。

不知不覺中車子來到第一個十字路口遇到紅燈停下來，我望了望四周然後說：「村長，傳聞中，入境馬尼拉國際機場通往市區的大道上，乞丐特別多，現在怎麼都不見了？」

「是啊，我也覺得很意外，數年前我當第一任村長時，被市政府派來這一條羅哈士大道掃蕩一群無業遊民，卻越掃越多，實在很傷腦筋。」村長說。

「為什麼會越掃越多呢？」

「聽說這群遊民幕後跟警察掛勾，一旦被抓進收容所，不超過三天即被釋放出來，所以他們才有恃無恐。」

「村長，我是想了解現在怎麼都不見了呢？」

「不知是哪一位執政者有感於國家門面不容破壞。於是全力取締，連同排氣管排放大量黑煙在內的吉普車都完全消失在馬尼拉灣的上空。」

「喔，原來如此。」

越過美國大使館，除了總統府以外，全國的行政中心均集中在這一區塊，此時村長和司機用我聽不懂的菲語交談後，車子終於停在馬尼拉灣畔的一座華麗建築物旁。走進大廳才知這是一座可媲美台灣的五星級飯店，內部裝潢和來自各國的佳麗們在泳池邊爭奇鬥艷的畫面，讓我自下飛機一路走來對於這座外傳齷齪城市的印象消失殆盡。

十一

來到中國城，原本預定在城內找個歇腳地住下來，但經不起村長夫婦倆的力邀臨時改變主意住進村長的家。

到家後才知道，原來他們早已為我空出一個房間，表面上我之所以心甘情願寄人籬下，合理的解釋應是覬覦：近水樓台。

晚餐，蘇珊端出自已燒的家鄉菜：虱目魚加空心菜和椰奶炒肉絲，外加苦瓜炒鹹蛋。她自己卻是一條鹹魚乾沾醋吃。

我瞄了她一眼，雖然心裡不太舒服但還是笑咪咪地說：「謝謝妳們為我準備豐盛的晚餐。」

飯後我將帶來的二萬美金交奶奶換成菲幣備用。並交代從明天開始先買一台家用的大型電冰箱以便冰存新鮮魚肉和蔬果，魚肉煮湯或清蒸都可以，唯獨不准用油炸、紅燒或糖醋才可以吃出原味和健康，至於鹹魚乾我希望不要再出現在飯桌上。

奶奶聞言立即笑咪咪地表示：「船長，怎好意思讓你破費呢？」

「沒關係啦，反正我帶來的錢預定住飯店的食宿費用，平白地花掉不如用來改善妳們的生活品質。」我說。

稍後村長告訴我：「羅蘭多派人來找你好幾趟，說有好康的要報你知。」

「有什麼好康的你知道嗎？」

「不知道，但是我認為好康的事輪不到你，千萬不要被騙了。」

「嗯，我會明哲保身的，明天我就去找他。」

隔日來到羅蘭多的家，貝特開門時的第一句話：「請問你是誰？」

「貝特，我是船長啦，好久不見，近來可好？」

「你真的是船長嗎？二年不見你的身材怎麼變得又帥又壯，我好喜歡你喲，來，親一個。」她一面說一面張開雙手。

我心想：記得村長一再叮嚀她們一家人如狼似虎，此時貝特卻意外地擁有小女子一般的溫柔，令人百思不解。勉強和她禮貌性擁抱之後，她在客廳裡問我這一次由水路或坐飛機來的呢？

十一

「我是坐飛機來的，昨天剛到今天就來拜訪妳們了，村長告訴我令尊找我不知有何貴事？」

「爸爸現正在忙，待會兒他會告訴你。」緊接著她又問：「這一回你決定來菲創業了嗎？」

「不，我是先來做市場調查還沒決定。」

「你現在是住飯店嗎？」

「不，為節省經費我暫時住村長的家。」

「哎喲，你怎麼去窩在鳥不生蛋的地方呢？來，我們的家什麼都不缺，來住我們家好嗎？」

「沒關係，這只是暫時的而已，至於住妳家，來日再說吧。」

「嗯，莫非你覬覦他家有個美若天仙的女兒？船長，你可能不知道我們菲律賓有一些人長得很漂亮但很笨的女人，為尋找真愛不惜一次又一次的被不同的惡男人騙上床，這些美女無形中就變成公共汽車了。」

「哼，蘇珊又沒得罪妳，請妳把話講清楚一點，不要指桑罵槐好嗎？老實告訴妳，我在台灣已有妻室不適合搞婚外情。」

「哈！……開玩笑的啦，不必大驚小怪，何況天高皇帝遠，汝又何足懼之。」

我欲回嘴時正好羅蘭多回來了，因此打斷我和貝特的話題。

「哈囉，船長，好久不見你的身材怎麼走了樣呢？」羅蘭多一邊走一邊從口袋裡掏出一張魚苗貨款的支票。

我接過來一看是四萬元的現金支票忙說：「羅蘭多先生，感謝你的協助才順利養成並出售，但我很想知道那批魚苗的存活率如何？」

「嗯，我原以為台灣來的繁殖苗肉身細如髮絲存活率不高。剛開始放養時我抱著讓牠們自生自滅的心態，但依照你的方法，三個月收成時才知道和我們在地的野生苗沒二樣，當時我請來幾位塭主參觀批評和指教，卻異口同聲除了喊讚以外並說今後我們不再完全依賴野生苗了，這些話讓我感到很欣慰。你如果願意的話，可以考慮做這一筆生意，我將竭盡所能地協助你，同時我也計劃擴大魚塭面積，因為成魚在塭邊交貨，每公斤六十元實在太迷人了，不知你意下如何？」

「嗯，先生的建議很好但據我所知台灣虱目魚母的來源有限，雖然有一部份是來自菲律賓，但所有的繁殖苗僅能自給自足，建議你要做魚苗的生意倒不如做

十一

魚母，我可以提供台灣五個水產試驗所的所長及連絡電話，由你試著查詢以証明我所言不虛，順便還貝特一個人情債。」我說。

在一旁的貝特忙插一嘴：「既然部份魚母是由這裡出口到台灣但我想知道一尾魚母送到試驗所大概多少錢？」

「約十萬至二十萬不等，試驗所的標準是以魚母的體型及懷孕的成熟度而定。」

貝特又問：「如果我們取得貨源的話，你可以用船載回台灣等繁殖後再將魚苗載來菲律賓嗎？」

「嗯，好聰明的貝特喲，竟然懂得雙向牟利的訣竅。唯遺憾的是用船運送則萬萬不可，因為從馬尼拉至高雄的航行時間至少要三天，若魚母在航行中生產會造成大量死亡，我不敢承擔這項風險。」

「那就需要空運囉。」貝特掙大眼睛問。

「菲律賓的航空貨運我不清楚，妳們自己要去查詢以外，所有的運送過程及押貨人的動作必須很敏捷。」

稍後貝特告訴我這筆生意她勢在必得。

我則再三的向她強調運送效率的重要性，否則將血本無歸。

臨走前，貝特再送給我一個熱情的擁抱。

十二

回到村長的家，他急著問我有什麼好康的嗎？

「哈！……誠如你所說好康的輪不到我啦，說穿了他們是想利用我開船載虱目魚母回台銷售，再從台灣載運繁殖苗來菲律賓。」

「你答應他了嗎？」村長問。

「沒有。我告訴她現在的台灣苗只能自給自足，想做這筆生意除非妳們能提供魚母，我會盡力幫忙但必須用空運。她接受我的建議但是不希望我住在一個鳥不生蛋的地方，力邀我住她家以方便連絡，她可能是有求於我臨走前還送給我一個熱情的擁抱，好噁心喔。」

「哈！船長，你真有女人緣呀。」

「不，村長你說錯了，我認為她是找機會吃我豆腐，因為像她那麼兇殘的女人，又有哪個男人敢跟她一抱呢？」

稍後我拿著一張支票在手裡晃，希望奶奶盡快在附近租一幢二樓透天厝，利用這筆貨款把所有欠缺的家電產品一次補足，如有超支的情形可隨時追加預算以避免讓貝特她們瞧不起。

蘇珊聞言渾然忘我地跳起來說：「船長，我們全家人好愛你喲。」

這一招在台灣不一定把得到美眉，但在菲律賓卻很管用欸。

數日後依我所願完成搬遷，但建議保留原來的草茅以備日後不時之需。

搬遷的當日蘇珊再開金口：「謝謝船長的資助，藉此我們更希望能擺脫貧窮讓家人有好日子過，再一次謝謝你。」

「不必言謝，記入心崁裡就好。」我說。

停了幾秒鐘我問蘇珊：「家裡還有缺什麼嗎？」

「船長，夠了，你對我們付出那麼多我們已很滿足了。」

不過，我從蘇珊的眼神裡不難看出尚有隱情。

「蘇珊，有話直說吧，有困難我一定幫妳們。」

許久，蘇珊才娓娓道來：「奶奶有糖尿病經常上醫院拿藥及注射胰島素針劑，家裡本來就窮，需要用錢時都由我向別人伸手借貸，有時候在金主的門口一站就是一小時，還不一定借得到錢，讓我深深的體會：登天難，求人更難。」

十二

「好，我知道了，從現在起需要用錢時妳不必去求人，我願意幫妳們。」

在一旁的奶奶聞言立刻板起一副臭臉瞪著蘇珊說：「妳不知道家醜不可外揚嗎？妳不擔心嚇跑船長嗎？」

我哈哈大笑說：「奶奶安啦，我是不拘小節的人，妳的藥費我全額負擔就是了。其實糖尿病並不可怕，除了按時吃藥以外，必須飲食控制：少油、少鹽、少糖、少吃白米飯。……」

我還沒把話說完蘇珊馬上反問：「少吃白米飯會餓怎麼辦？」

「嗯，可以用冬粉或蒟蒻代替，等一下我到中國城買來煮給奶奶試吃，保証不會挨餓的，加上養成良好的運動和睡眠習慣，但不可以太勞累或運動過量，糖尿病患者照樣可以活得很有尊嚴。」

隔天早上村長告訴我：「二年前虱目魚在塭邊交貨的價錢是每公斤四十五元，現已漲至六十元，在成本和工資都不變之下，實有厚利可圖，不知船長有意投資否？」

「嗯，難怪羅蘭多也同樣認為這個價錢相當迷人。」

「如果你看好這一行業的話，我可以幫你選擇靠海邊、交通方便及電力充足的塭地買下來自己養。」

「現在要租魚塭難如登天但要買地皮重新開發我需重長計議。」

數日後在一個繁星浩瀚的夜晚，全家人逛完百貨公司回到家突然接到貝特的來電：「船長，現有二尾魚母到貨，請速來幫忙。」

臨走前，全家人異口同聲地提醒我：「船長，那麼晚了千萬要小心別被她騙了。」

到達時，漁民和貝特已吵成一團。

貝特見我到來更拉高嗓門，以「現在是半夜十一點哪來的飛機」為由拒絕收貨。漁民則怒氣沖沖的大喊：「妳在傳單上又沒註明送貨的時間，我們抓到魚母後馬上送過來有何不對？」

此時我已了解雙方爭執的焦點了。

我彎下腰伸手摸一摸魚體還算蠻健康的，但我心裡很明白，延至明晨八點才上飛機恐怕風險太大了。

稍後，我答應漁民照原價收購但條件是要幫我將魚母抬至海邊放生，並重新訂定夜間送貨時間不得超過下午六點的規定。

十三

付完貨款後貝特問我：「船長，你這樣做是為了什麼？」

我說：「妳沒訂定營業時間就拒絕收貨是妳不對，我這樣做是為了平息眾怒，讓妳以後的路走得更寬廣，而且我明知這二尾魚母絕對到不了台灣，不如花點小錢將牠們放生，數日後可嘉惠許多在地的魚塭業者，一舉數得何樂不為呢？」

「船長，現在我才知道你好有愛心喲。」

貝特邊說邊把身體靠過來就像一塊溶化的蜂膠一樣黏ＴＴ地趴在我耳際細語：「船長，夜深了，今晚就在我家過夜好嗎？」

我輕輕地把她推開才說：「謝謝妳的好意。貝特，我是有婦之夫，沒興趣跟他人發生一夜情，記得妳曾經對我說過菲律賓人才濟濟何必找我呢？」

「沒錯，不過我很後悔從小失去母愛以至於人格變態，年輕時誤入歧途終日與人成群結黨而錯失談戀愛的黃金時刻才警覺到已過適婚年齡，我很擔心將成為老姑婆終生抱枕而眠的恐懼。」淚眼婆娑的貝特一邊哽咽啜泣一邊又把身體緊緊地靠過來一副小鳥依人的樣子。

我幫她拭去臉上的淚珠後說：「貝特，不要傷心啦，照我的話棄邪歸正準沒錯，但妳的白馬王子絕對不是我，即使妳寧願當小三也不可能，也許妳不知道現在台灣已婚的女性流行一種特殊的御夫術，當她們透過徵信社或私人偵探一旦得悉先生在外搞婚外情時，會以超冷靜的態度伺機而動，趁其夫熟睡之際，把備妥的利剪喀嚓一聲將其夫愛搞怪的狗東西剪斷，丟入馬桶用水沖掉，怎麼樣，夠狠吧？因此，貝特，我嚕哩叭嗦地說了一大堆，總歸一句話就是若欲人不知除非己莫為，希望妳如愛我的話請不要害我好嗎？」

貝特靜靜地聽完後悶不吭聲，許久才做出回應：「好吧，既然如此，今後就按照你的勸告多做一些善事積陰德，祈求天賜良緣完成我的宿願。」

「貝特，這就對了，我深深地祝福妳早日覓得白馬王子。」

臨走前，我主動張開雙手作勢欲跟她抱抱並拍拍肩膀鼓勵她：「貝特，放下吧，放下沾滿血腥的雙手誠心向佛修身養性和認真做生意，黑暗的盡頭總是光明的不是嗎？」

走出貝特的家，時值凌晨二點，諒必村長家人早已入睡，不便電話打擾他們，

十三

就麻煩貝特開車送我回來。

隔日村長問我：「昨夜晚歸你沒事吧？」

「嗯，沒事。但昨夜我躺在床上不知何故心裡總是毛毛的很不舒服，可能是因為從未說謊的我為了取信貝特編了一個比一個離譜的謊言才得以順利脫身，但來日一旦被拆穿西洋鏡豈不被這位蛇蠍女郎亂槍打死？」

「怎麼說呢？」村長問。

我把昨夜的經過鉅細靡遺地描述一遍後再說我個人的看法，「『男大當婚，女大當嫁』這是人之常情，但她可能是過了適婚年齡深怕嫁不出去而沖昏了頭，她極盡挑逗之能事堪稱當今地表上最色的女人，如果真的如其所願把我留在她家過夜的話我這一生肯定就完蛋了，結果她還是留不住我。」

「哈！……目前沒事就好但今後盡量不要跟她糾纏不清避免惹禍上身。」村長說。

稍後，我話鋒一轉不再談論昨夜的事但請問村長：「菲律賓有水產試驗所嗎？」

「有，是在伊洛、伊洛市但技術上和台灣有天壤之別。」

「好，現在我有一個構想：既然貝特她們在短短幾天內就有少許虱目魚母的進貨証明這裡的資源相當豐富，可否請村長想辦法弄到石斑魚母好嗎？」

「好，我會盡力而為但請你告訴我做法。」

「從明日起請你以村長的名義向水產學校申請教學自用轉呈水產試驗所核准。」

數日後村長回來告訴我：「試驗所所長一再聲明目前還在探索的階段，除了當晚自然產的以外不保証成功孵化魚苗。」

「沒關係啦，每五尾魚母當中只要有一尾是自然產的，日後一旦成功載運石斑魚苗返台販售的話，我們將擁有一輩子享用不盡的榮華富貴。」我說。

村長聞言雖是半信半疑，但還是積極地在沿海各部落貼海報。

一個月後的清晨，漁民送來三尾石斑魚母，其中一尾抱卵程度相當飽滿，極可能在今晚就會自然產，我以為財神爺駕到欣喜若狂，付完貨款後我要求村長全家人總動員，除了換裝海水、氧氣及攜帶部份現金以外十萬火急地趕到機場，無

十三

奈沿途塞車嚴重以致於坐不上早班飛機，只得改乘二次大戰後美軍留下的福克五十老爺機。

飛機起飛後不知哪根螺絲沒栓好，除了機身發出轟隆轟隆巨響以外，座艙內不時地傳出牛車行駛在顛簸山路上的怪聲，就好像飛機要撞山之前一樣的恐怖，我嚇出一身冷汗趕緊唸「阿彌陀佛」直至飛機降落才鬆了一口氣，同行的蘇珊也一樣嚇得花容失色，詎料，三尾魚母送到水試所前魚苗已迫不及待的來到這個世界，箱內水質污染嚴重母體已奄奄一息，因此遭到水試所拒收，一時間我就像沒了緊箍咒的孫悟空一樣變不出什麼猴把戲來了。

回程改乘菲航下午六點四十分的班機，從此對於那一架老爺機敬謝不敏了。

受到重挫後，我終日鬱鬱寡歡，村長見狀不斷地安慰我不要氣餒，菲律賓的資源很豐富，蘇珊有一個大學同學在台灣人開的公司上班擔任祕書，明天就請蘇珊帶你去進一步了解菲律賓，也許她會為你提供更多的資訊。

十四

隔日和蘇珊相偕拜訪台灣來的老闆，開門的正好是擔任祕書的同學陳×姿，她是菲籍華人一見面她就以羨慕的眼神問蘇珊：「喲，什麼時候交到異國情侶了？」

蘇珊忙澄清：「不，不，這位是台灣來的船長是爸爸在海上結識的朋友，有些問題來向老闆請益。」

經陳小姐的引進，見到老闆短暫寒喧後知道他姓劉，我隨即請問他來到人生地不熟的國度裡求生存之道。

他說：「來菲創業一定要有長遠計劃，不可以打游擊戰。」

不過，劉先生不斷地以訝異的眼光看著我又看看蘇珊再說：「你來菲多久了？在哪裡認識這位大美女？」

「才剛不久啦，我是在沿海先認識她爸爸。」

「平常你們是怎麼溝通的？」劉先生好奇地追問。

十四

「我上過好幾年的英文課加上隨身攜帶的快譯通也幫我解決不少語言上的困擾，不信的話你就直接問她最清楚了。」

但劉先生還是半信半疑。

我不想越扯越遠馬上提醒他這些話題我們改天再聊好嗎？我這次由國際機場來是想進一步了解菲律賓的投資環境。「好，就以我自己的經驗談，以前從跑單幫做起一步一腳印的慘淡經營到現在擁有塑膠射出廠和製鞋廠靠的是這裡人工便宜、物產豐富是投資者的天堂。」

「噢，謝謝你，我知道了。再請問，菲律賓的治安好嗎？」

「嗯，如果你全世界走透透，你會發現有三分之一的國家都有治安上的困擾，不過，菲律賓的治安算是還好啦。」

稍後，劉先生開車載我們到一個新興城市：馬加智。

這裡辦公大樓林立，街上行人大部份西裝革履，來往盡是賓士級轎車，放眼看去是足以媲美新加坡或日本的城市。

「這裡是在地的有錢人或富商巨賈的聚居地，如果馬尼拉也像這座新興城市那麼氣派的話，我們台灣人就只好回家種田了。」劉先生說。

此時我無意中得知陳小姐在向蘇珊解說該公司最近的營運狀況時遂好奇地問劉先生：「你的塑膠射出是做何產品？」

「做一些家庭用電源插座生意還不錯，至於鞋廠是準備生產高級童鞋，專門針對馬加智的有錢人而設計的。」

「我聽蘇珊說這裡窮人多吃飯都成問題哪來的錢買童鞋？」

「窮人當然買不起，但光是馬加智富人的生意就做不完了。」劉先生哈哈大笑後再說，「我還兼做椰子出口的生意哪。」

「劉兄，包山包海的生意很容易出錯呀。」

「對，我受人之託無法推辭，但找不到合適的人選合作實在很傷腦筋，如你有興趣的話我們來合作好嗎？」

「謝謝你，不過我是討海人，一心只想發展海上事業，對於椰子出口我一竅不通，更何況隔行如隔山，不是嗎？」

「船長，對不起。道不同不相為謀，你就另請高明吧。」

十四

「不，劉兄你誤解了，我今天來訪的目的是想藉由你的人際關係幫我尋找海上事業的第二春。」

「嗯，我沒有海上事業的朋友，但海產事業你有興趣嗎？」

「當然囉，你有這方面的資訊嗎？」我睜大眼睛問。

「沒有，但我的祕書以前在一家海產出口公司擔任祕書，對這項業務很熟，你不妨請問她好嗎？」劉先生轉請陳小姐作答，陳小姐說：「該公司主要是出口紅蟳到台灣，起初供需還算平衡，稍後因為我方對於品質的控管很嚴，因此台灣方面的需求量激增，我知道老闆為了滿足台方的要求曾經三天三夜不眠不休地到處找貨源，雖然短時間內勉強可以應付過關，但因訂單應接不暇經常延誤出貨時間而引起買主諸多疑慮，即片面毀約增派人手來此搶購，使原本捉襟見肘的貨源更是雪上加霜。」

「台方既是違約在先，請問妳老闆如何善後？」

「老闆一氣之下把未完成的訂單全部取消之後，乾脆購買蟳苗自己養再另尋出路了。」

「嗯，陳小姐妳知道老闆如何養蟳嗎？」

「當時我時常跟在他身邊做記錄所以很清楚，首先他在海邊建造一水泥池，依不同尺寸的蟳在池內分三個大池，蟳苗進貨時由小池、中池開始養，到了大池即準備要出售了，水泥牆上加設細目鐵絲網四十五度向外傾斜以防脫逃，每天清晨派工人投以螺肉餵食並經常換水，四個月後養成即可出口。」陳小姐說。

「迄今貨源無缺，就那麼簡單嗎？」我問。

「對，但在收成時，蟳因過度驚慌互相踐踏而造成斷手斷腳，屢遭買方退貨，讓老闆嚐到生意難做的滋味。」

「嗯，我感同身受，再請問妳的老闆只做紅蟳出口嗎？」

「不，他還遠從南部岷答那峨的霧端市收購鱸鰻出口到台灣，每公斤只賣六百菲幣，但我聽說貨到台灣價錢一度喊到八千至一萬，雙方價差實在太大，讓買方狠撈一筆哪。」

「陳小姐，妳的消息來源可能有誤，做生意只要有巧取豪奪的心態是不會持久的，而且妳可能不知道光是報關費一次就要六千元但鱸鰻的數量並不多，這些費用貨主必須反應在成本上呀。」

「噢，原來如此。」

十四

「他還有做其他海產事業嗎？」我好奇的追問。

「本來他計劃做冷凍草蝦外銷日本、美國的生意，唯因資金的問題而作罷，船長，如果你手上有雄厚資金的話，我建議你做這一行業利潤相當不錯哦。」陳小姐說。

「哈！……我沒那麼多錢啦，只是先來做一些市場調查而已。」

陳小姐又問：「船長，你會製作箱網嗎？」

「嗯，是的，我略有概念。」

「目前據我所知，最搶手又利多的海產事業唯石斑魚外銷莫屬，尤其是青斑、蘇眉和老鼠斑的價錢僅次於黑鮪魚和紅肉旗魚，但必須在沿海用箱網養殖，本來老闆對於這一行業虎視眈眈，因不諳箱網的製作方法遲遲不敢輕舉妄動，迄今一事無成。」她說。

在一旁的劉先生聞言馬上搶著說：「本來我有一位海產業者的朋友，但久未聯繫早已把他給忘了，因其作風相當低調從不隨便和人接觸，剛才從陳小姐的話中突然想起我這個好友從事箱網養殖石斑魚，最初僅以壹萬美元的資金做到現在，根據中央銀行的統計，該公司每年出口石斑魚到香港、台灣，可為國家爭取百萬美元的外匯收入，船長，你若了解箱網的製作過程的話，恭喜這條路你走對了。」

這一段話使原本涼了半截的我心中又燃起一線希望的火花，於是我再問劉先生：「既是你的好友可以帶我去參觀養殖場嗎？」

「不行，雖然他的養殖場獲利甚豐，但有時也必須承擔防不勝防的風險，因此他的門禁森嚴、謝絕參訪。」談及此我心裡已經有譜了。

十五

「你現在是拿觀光護照或投資簽証進來的？」劉兄問。

「目前是觀光護照，但我會依照規定辦妥投資簽証。」

此時劉兄炯炯有神的兩眼正視著我。

幾秒鐘後突然話鋒一轉：「以前蘇珊在我公司上班時，我弟弟阿福曾經暗戀過她，但蘇珊始終不理他，請問你是用什麼方法把到手的？」

「我已經跟你講過了，我是在沿海先認識她爸爸和她僅止於普通朋友不是男女朋友啦。」

「哼，我不信，但我知道弟弟頭大無腦不能跟你類比，我會勸他，胸無大志單戀一朵花只會浪費時間而已。」說到這裡劉兄哈哈大笑。

訪談結束，回家途中滿面春風我拉著蘇珊的小手順便問她：「妳認識阿福嗎？」

「嗯，他是劉先生的弟弟，我在公司任職時他曾經追過我，但他每次跟我講話總是對我毛手毛腳，這種男人我很討厭，所以過不久我就辭職了。」

「蘇珊，可以請問妳選擇男朋友必須具備哪些條件？」

「肯吃苦，肯上進之外，還要懂得孝順父母。」

「像我嗎？」我指著自己的鼻子反問。

「哼，你少臭美，但目前還沒有特定對象。」她無心的一語驚醒夢中人。

「天啊，枉費我的一番苦心，莫非她已明花有主了？」我緊皺眉頭悶不吭聲。

此時蘇珊已查覺自己說了不該說的話，一路上嘰哩咕嚕的，似在自圓其說，我卻伊伊唔唔的，不作正面回應。

回到家晚飯後我問村長：「如果養殖虱目魚的塭地能租則養，我放棄買地新建魚塭的建議改為箱網養殖，你可以幫我找到石斑魚苗的貨源嗎？」

村長回以：「我當盡力而為。」

另外我要求村長利用時間到漁業局查詢和台方漁船的漁業合作事宜，辦妥手續後我立即返台開船來菲。

十五

「船長，你決定來此創業了嗎？」村長睜大眼睛問。

「嗯，是的。」

和村長談及深夜，蘇珊端來一杯熱牛奶結束今日的話題。

隔日村長去漁業局查詢回來告知：漁業局鑑於台菲之間並沒簽漁業合作之協定因此申請駁回，但擁有投資簽証者除外。

我愣了一下方知投資簽証的重要性。

我利用辦手續的空檔，和村長傍晚相約上海去準備夜釣，蘇珊也同行。

馬尼拉灣的夕陽餘暉淡淡地照在海面上，漁船馬達聲在晚風中嘩啦嘩啦作響，航行中蘇珊首先開口問我：「船長，你還生我的氣嗎？」

「不，蘇珊妳沒錯，是我必須檢討自己凡事不該太固執造成妳的困擾，真對不起。」

由於我的一句對不起，蘇珊笑了，因而盡釋前嫌立即回復昔日說不完的話題。

「聽說你要返台開船來菲可以帶我一起去嗎？」蘇珊問。

「改天啦，這次不行。因為妳還沒正式成為台灣媳婦，尤其是妳長得那麼漂亮，要拿台灣簽証難如登天啦。」

「蛤？長得漂亮有罪嗎？」

「不，沒罪，沒罪，但文化中心怕妳一旦到了台灣可能會迷倒許多男人的緣故，所以肯定拿不到入境簽証。」

此時，我發現蘇珊的鼻子蹺得比天高。女人嘛，總是喜歡聽別人對她讚美的話，台灣如此，菲律賓亦然。

於是我建議她去報名參加選美或開班授課比較有錢途。

「我別無所求，只要能幫二位弟弟完成大學學業於願足矣。」蘇珊說。

「嗯，妳像似蠟燭燃燒自己照顧家人的精神真偉大呀。」

「不，不是偉大而是手足親情啦。」

略帶寒意的晚風忘情地迎面吹拂，我倆依然不時地交頭接耳，在不知不覺中夜幕已低垂，蘇珊點燃一盞煤油燈照亮整個夜空。

到達目標漁場，在狹窄空間的甲板上我發現村長的生財器具竟然沒有釣竿，

十五

只用一塊長方形木板把釣線捲起、放下。不必揮竿也沒誘餌料，釣鉤上僅繫著假餌設備相當落伍。我心想：工欲善其事必先利其器，難怪村長他們家除了窮以外還是窮。

一整晚果然不出所料，上甲板的除了少數迷路的高檔貨以外，大部份都是下雜魚。

於是我問村長：「今晚的漁獲你大概可得多少？」

村長回以：「今晚漁獲不佳勉強可以糊口而已。」

我皺一下眉頭再問：「你沒向船老闆要求更新設備嗎？」

「有，但船老闆不肯。」村長說。

「依我的看法如不更新設備的話，你這一輩子肯定難以翻身，如果你和船老闆解約，你們全家人繼虱目魚苗二年後再度專心為我做事好嗎？我除了全額負擔你們的家庭開銷以外再加績效獎金你願意嗎？」

村長面露訝異的眼神說：「真的嗎？」

「嗯，我絕不虛言。」

十六

當日，村長和船老闆解約後立即宣佈由即日起全家人歸我差遣。

晚飯後村長向我建議：「既然合作案辦不成，現正在趕辦投資簽証、居留証及工作証，這段空檔何不暫時在此另買一艘小漁船自己當老闆呢？」

「不用啦，這裡的船漁撈設備簡陋，我決定先把船開來。」

村長問：「海上航行狀況多，你一個人開船可以嗎？」

「嗯，至少要有二人，雖然你可以擔任助手的工作，唯因不可能拿到入台簽証，確定幫不上忙之後，我想出一套旁門左道的對策，利用台灣正值鬧船員荒之際，冒充應徵船員由菲北部阿巴里偷渡來到台灣南部，暫棲海上旅館接受應召，我會在返台十日左右將船開出並把漁船統一編號交給你以便識別。」我說。

返台後，在澆不熄燃燒激情美夢的誘惑下，馬不停蹄地透過層層的人際關係取得製作箱網的設計圖後，又因和村長有約時間有限，在船員難找的情形下，最後僅招募到一名輪機長洪×川同行。

十六

至此，萬事俱備的我口中不時的引喻一小段囈語：「春天的腳步蜥蜴般地爬進我的心房，我的心就像一顆在黑暗中掙扎的蛹，即將破繭而出展翅高飛。」

十日內依約和村長取得聯繫後，冒著凜冽的東北季風把船開進馬尼拉灣。進港之前在綿延數公里蔚藍的海岸線上，傾聽熟悉的浪濤聲和釣客們陶醉在磯釣的畫面彷彿童年記憶的重現。

進港之後，眼前蕭瑟靜謐的馬尼拉灣美不勝收。

在異國港灣緩緩行進中數度遭到海防部隊的欄檢，村長均以菲土語告知証件已交律師辦理中，幫我化解許多不必要的麻煩。

稍後，船暫泊魚市場右側的船渠，熄掉引擎之後，卸下富士蘋果及東勢柑各二箱伴手禮和村長家人分享。

沒料到在一旁的蘇珊賞我一個回眸的微笑讓我倦意全消。

傍晚，蘇珊開始準備晚餐為我、阿川和村長接風。

席間，村長娓娓道出在海上旅館的點點滴滴：「其實海上旅館是一艘即將報廢的大型木造漁船，最高可容納八十位漁工，依規定漁工不准上岸，我們就像小媳婦一樣乖乖的待命，船上有一位台灣船員專門看管及料理三餐，但嚴格規定船上儲存的淡水僅供燒飯做菜之用，洗澡只能用海水，沖洗後全身黏TT的，尤其我患有嚴重的胃潰瘍，早上吃稀飯很容易餓又找不到東西吃就出現盜汗、頭昏的症狀，很難受。」

直至深夜，大夥兒吵雜聲趨緩，轉而在幽雅樂音的響起，每人臉上掛著滿心的祝福與喜悅結束今晚的聚會。

隔日，正式踏上異鄉的塵土開始展開希望之旅。

首先我依相關資料繪製六只直徑二十公尺、深度十八公尺、網目五公釐的箱網藍圖以及含魚網、牆網、浮架等基本組件交予村長製作，另外僱請八名潛水員及蘇珊的二位弟弟幫忙預定十五個工作天完成，同時特別交代村長工作完成後的箱網必須以錨纜固定系統把它固定在海面上，防止被海流漂走。

製作期間我利用晚上要求蘇珊每天清晨到魚市場觀察砂蝦、南極蝦、螢光螺、海膽等活餌料進出貨的情形以及放在釣具店櫃檯的潮汐時間表。

「船長，如果買不到活餌料怎麼辦？」蘇珊問。

「不，不是要買只是觀察而已，但據我所知至少砂蝦和南極蝦一定有。」

十六

我觀察過村長所使用的假餌料已不合時宜，順便利用空檔教導蘇珊毛鉤的製作及使用方法：隱藏在毛茸茸的餌料內部掛著魚鉤、毛鉤隨著海流的移動會散出柔軟的毛鬚栩栩如生，可媲美活餌料。

「噢，使用那麼精緻的假餌還須要購買活餌料嗎？」蘇珊問。

「是的，我們還是要以活餌料為主，萬一活餌料缺貨或在海上活餌料用完時可立即派上用場。」

同時，我拿出現代化柔軟度極強的釣竿以及捲線軸介紹給蘇珊。「軸裡會標示拋出魚線的長度以及盡可能利用魚探機找出沼澤地，沿用此法在甲板上必須隨時注意潮汐、風向、水流等天然因素以外想釣什麼魚即可隨心所欲了。」

在一旁的村長看完我的示範動作後馬上伸出大拇指按讚並說：「船長，你真是我們的貴人，如果早幾年認識你的話，我們早就擺脫苦哈哈的日子了。」

「不過我還是要努力學習和探索瞬息萬變的天時欸。」

「船長，你太謙虛了，讓我們深感汗顏。」

十七

十五日後箱網製作完成，村長逕自向市政府水產科申請租用漁業權獲准後，我指派二位弟弟立即展開石斑苗的收購工作。

隔日和阿川及村長、蘇珊一同出海在馬尼拉灣附近海域尋找目標漁場，並隨意地拋竿試試手氣，但以下雜魚偏多。

可是一連數日未獲改善，我終日鬱鬱寡歡，蘇珊見狀立即拍拍我肩說：「船長，不要氣餒啦，對於小小的挫折不必太在意，何況做事起頭難，不是嗎？」

「嗯，我正在摸索、思考來到這個陌生漁場怎麼和別的海域落差大的原因。」

「船長，請不要操之過急，我們願意陪你迎接新環境的挑戰。」蘇珊說。

「好，謝謝妳們的支持。」

從此每次回到家，我都由魚貨中挑出最頂級的貨色和村長家人分享，其餘的才送往魚市場賤價求售。

一段時間適應新環境的水流、流速及流向之後，每日的魚獲漸有起色，終有

十七

能力零零星星供應餐廳的需要。

負責收購石斑苗的二位弟弟從產地回來告訴我：「已二個多月石斑苗的收購量相當不理想，因為大部份漁民被一家香港人的養殖場提供的無息貸款綁樁，外流的苗數量有限，因此讓我們站在一旁乾瞪眼。」

我聽完嚇了一跳但心裡明白這一回又踢到鐵板了。

於是，我找來村長全家人研商對策。

村長首先發言：「既然買不到石斑苗，其他的苗可以嗎？」

「不行，飼養石斑是我這回決定來菲創業的主要誘因，知道嗎？」我說。

「要不然我們轉而收購魚母，再送往水試所孵化幼苗，可以嗎？」村長問。

「請問在座的有誰還敢坐福克五十的老爺機？」

全場鴉雀無聲。

稍後蘇珊提議：「魚母的取得比較容易，我們不妨向水試所學習，試著把買來的魚母放進箱網讓它自然孵化，這樣可以嗎？」

「嗯．蘇珊的提議很好，不過，水試所的試驗場在室內有硬體設備，箱網則是放在海邊。所以在決定收購魚母之前，必先備妥大量食物防止因海水的流動而流失的食物，否則它們會因為飢餓而互相殘殺。」我說。

「這種食物在哪裡可以買到？」村長問。

「我也不知道，所以麻煩村長再跑一趟水試所問明食物的來源及必要的設備。」

村長回來時告知：「幼苗食物以冷凍冰釋後萃取的紅蟲為主，但市面上經常缺貨，雖可以幼蝦料代之，但水試所的主任特別強調，有時不能滿足石斑苗的胃口還是會互相殘殺，至於重要的設備是需要足夠的電熱器把水溫控制在攝氏二十五度，以防大量凍斃。」

我聞言一連數日眉頭深鎖，因為孵化幼蝦料我不懂呀。

有一天阿川見我一副苦瓜臉立即哈哈大笑：「船長，不用煩惱這一招，你不懂我懂。」

「真的嗎？」我馬上跳起來說：「你在哪裡學來的？」

十七

「年輕時在林邊蝦苗場學的，但是要有條件哦。」
「好，什麼條件你說。」
「很簡單，你幫我找一個跟蘇珊一樣漂亮的女人給我好嗎？」
「阿川，不要開玩笑啦，你會講英文嗎？」
「不會。」
「不會講英文誰鳥你呀。」
「比手畫腳不行嗎？」
「哼，如果是為了發洩個人的需要，建議你乾脆到妓女戶找比較快。」
「到妓女戶找很容易得病欸。」
「所以找女伴要靠緣份啦。」
「哈！……船長，被你說中了，我剛來到這個世界時，媽媽沒幫我灑鉛粉，所以沒有女人緣，迄今還是光棍一條。」
「你既有自知之明就要乖乖的工作，不要胡思亂想好嗎？」

阿川笑一笑說：「好啦，好啦，我會盡力協助你。」

稍後，阿川由我轉告兩位弟弟：魚母進貨之後，他負責把冷凍的幼蝦料冰釋孵化成幼蟲做為石斑苗的食物，半年後就像嬰兒斷奶一樣改吃活的大肚魚，之後如有發現它們厭食的情況，立即改投絞碎的魚肉，約二年，一旦養成即準備找客戶待價而沽。

稍後我問村長如沒其他意見的話，收購魚母的工作就此拍板定案。

數日後出海，在距離馬尼拉灣以西十八海浬的海域內發現二處沼澤地，欣喜若狂，我用蘇珊準備的活餌料在二百米深的沼澤地釣到石斑、海雞母、鮸魚等高級魚類，滿滿地放在甲板上，反而下雜魚變少了，證明我一向堅持找沼澤地是正確的。

我隨即用羅遠接收機測定船位記下這個目標漁場。

抓到要領之後，對於突然爆增的魚貨正在思考通路之際，蘇珊提議：「我們不如在華人區租店面開一家海產店，把活魚放入水族箱內待價而沽，新鮮的就在店內擺攤賣鮮貨，如有剩貨的話，冰存起來明日改賣燒烤避免被層層剝削，不知船長意下如何？」

十七

「嗯，正合我意。」

決定開設海產店的同時，我宣佈暫停出海以便找店面、整修內部，並要求蘇珊代尋二名女性助理，負責招呼客人及雜務，男工一名負責燒烤，奶奶則負責站櫃台管帳，可省下會計的薪水。

「嘿，船長，精打細算的人比較會存錢我喜歡。」蘇珊笑說。

「哈！……做事起頭難嘛，能省則省。何況當初村長答應妳們全家人歸我差遣，不是嗎？」

「是，船長你誤會了，我們並不後悔歸你差遣。」蘇珊撒嬌似地對我拋媚眼，及時化解一場小小的誤會。

海產店開幕的首日，我把備妥的鮮貨準時送達的同時，蘇珊告訴我：「阿姿她們倆姊妹辭職轉來店裡上班，你需要的人手均已各就各位了。」

我順便問她：「阿姿的工作能力不是很好嗎？為何劉先生肯如此草率地決定放手？」

「嗯，我也感到怪怪的。」蘇珊說。

於是，我和蘇珊找時間再度造訪劉先生了解真相，才知道原來他的鞋廠所生產的高級童鞋因錯估形勢又訂價太高，以致於乏人問津，阿姿費盡九牛二虎之力，每個月的業績總是掛零，也許是壓力太大，被迫自動離職。

「哈！……她現在可以暫時回家當啃老族了。」我說。

「不，船長，你可能不知道她父毋早逝，現和大姐相依為命，不僅如此喔，她嫁了一個酒鬼老公，是典型的『把一朵鮮花插在牛糞上』，有一次她逃家後，在海產公司上班，被她老公找到，阿姿誓死不回，為了逃避她老公，選擇辭職來我公司上班迄今。」

劉先生深吸一口煙後又說：「雖然對阿姿的私事了解有限，但我認為世上最無奈的事不外乎是把二個不相愛的人因緣分的牽絆綁在一起，就像住同一屋簷下的二個陌生人一樣，相敬如冰，所幸她的意志力相當堅強才不至於被命運擊倒。」

「喔，原來如此。我現正缺人手可以找她當助理嗎？」

「當然可以。喔，對了，今後直接喊我『阿松』即可，不必客氣。」

「好，那我就恭敬不如從命了。」

十七

緊接著阿松神情詭異地問：「海上生涯需要女助理嗎？」

「不，自從上次造訪箱網養殖場不成後，返台準備來菲創業，除了立即行動之外還加開一家海產店自產自銷，所以需要人手幫忙。」我說。

十八

阿松好奇地問：「你這一回來菲定居後，也經營養殖場嗎？」

「是的，我設在村長家附近的沿海比較容易照顧。」

「哎呀，我忘了告訴你，經營養殖業最容易引來歹徒覬覦網內花花綠綠的鈔票，需要做好防盜措施呀。」

「照你的說法，連一般魚塭養殖業也要防盜的話豈不天下大亂？」

「不，不，魚塭是蓄養賤價的虱目魚、吳郭魚，和箱網蓄養的全是高經濟價值的魚類有天壤之別。」

「我現在才知道箱網養殖也是高風險的行業，既來者則安之啦，請幫我找警衛防盜可以嗎？」

「不行，菲政府明文規定警衛不准在戶外用槍。」

我愣了一下沒回應，腦海裡一片空白。最後帶著一顆忐忑的心結束今日的訪談。

十八

回程蘇珊問我：「什麼事讓你緊張兮兮呢？」

「我萬萬沒想到箱網養殖必須防盜？」

她聽了哈哈大笑說：「那還不簡單，僱二名警衛就行了。」

我則不以為然。

稍後我要蘇珊轉告阿姿：今後她和阿松的僱主關係已不存在，可以安心在此上班了。

過不久，在阿姿強力促銷下，店內的活海鮮經常賣到缺貨，原目標漁場因超乎尋常的予取予求，漁源已漸枯竭。

於是，我們就像一隻尋嗅血腥味的鯊魚一樣到處找獵物，以滿足老饕的需要。

事隔半年。

有一天，奶奶下班帶著一張當日的中文報給我，裡面寫著：全菲規模最大的箱網養殖場三名警衛遭數名歹徒殺害，並淨空網內所有漁獲，估計損失至少三千萬，現已鎖定對象正全力追緝中。

稍後我告訴村長：「網內的石班已悄悄的長成再過一年即可出售，這裡的治安那麼差我們要有未雨綢繆的心理準備喔。」

村長雙手一攤不發一語。

許久，我向村長建議：「我去找貝特幫忙好嗎？」

卻遭村長反對，理由是和她牽扯不清反而得不償失。

我則不認同他的看法，並要求村長換個角度想，問題才可迎刃而解。

「不過，我看到她兩腿就癱軟，怎麼辦？」村長說。

我反覆地思考：村長膽小如鼠又不懂用人哲學，而我自認和她私交甚篤，利用她的黑道背景適足以派上用場，可是一言難盡啊。

當晚我輾轉難眠。

隔日照常出港後，海面上霧茫茫一片又在東北季風的搗亂之下，時而風起雲湧時而風平浪靜，就像春天後母心喜怒無常一樣，令人無法捉摸。尤其海底下的魚兒來捧場的也不熱絡，我沒耐心枯等，於午後悄悄的返航。

回到家，家裡來了二名自稱是政府官員的陌生人來訪，大意是為響應政府加

十八

速農村建設的德政，要求樂捐。

在一旁的村長問：「既是德政，政府一定會編列預算不是嗎？」

「不錯，但是申請條件太苛，一般人拿不到錢等於是畫餅充飢。」對方答。

「請問你們是政府哪一部門的？」我問。

「水產科。」

「喔，是嗎？我認捐一萬元可以嗎？」

「聽說你是外來的投資者是嗎？」

「不是，我是討海人。」

「你不用客氣，我們已調查過你的養殖場在哪裡了。」

村長馬上回說：「如你嫌棄錢少可以談，但必須由政府來一張公文我才可辦理節稅。」

「笑死人哪，這一點點小錢不需要市政府公文啦。」

「老鄉，我們是小本經營並非富商巨賈，請問你們要多少錢樂捐呢？」

「以你們的養殖規模至少也要一百萬。」

我訝異地吐舌扮鬼臉，幾秒鐘過後，其中一位扳起面孔揚言：「不必跟你們囉嗦，這麼寒酸今後你們就要自求多福了。」

至此，我已知道這兩人絕非善類，他們美其名曰「樂捐」，其實是變相勒索。於是，我擺出一副天不怕地不怕的樣子讓他們知難而退。

臨走前還撂下一句：「好，咱們就走著瞧。」

午餐後我向村長抱怨：「早知如此我哪來的熊心豹子膽，敢來此投資呢？」

「放心啦，我們已雇了二名警衛，不是嗎？」村長安慰我說。

「警衛在室外不能用槍有何屁用？」

在一旁的蘇珊忙解釋：「船長，只要是正當防衛，適度用槍是被允許的，何況恐嚇勒索錢財的壞人不只菲律賓有，世界各國不也是如此嗎？我們都已經做好防範措施不必煩惱啦。」

此時我嘴角微揚但欲言又止。

十九

隔日清晨照例出海，海面上一樣不平靜，魚兒不上鉤，我知道這又是失意的一天。

我和村長坐在船舷邊閒聊時，他問：「你已到適婚年齡，為何在台灣還是單身？」

我回以：「故鄉大部份的鄉民都以捕魚維生，海上生涯狀況非常多，稍一不慎即逃不了旦夕禍福的宿命，因此一般家庭均傳承、沿襲百年來的風俗習慣，趁早促成未成年男女傳宗接代的任務，在找不到對象後經常自我安慰：要努力先把荷包裝滿厚植財力，錢堆中自有美嬌娘。不過，當我認識蘇珊之後，對於原先的想法就開始鬆動了。」

言及此村長馬上打斷我的話問：「你怎麼不到外鄉或婚姻介紹所找呢？」

「嗯，是可以啦。但外鄉人知識水準比較高不願嫁討海人，婚姻介紹所是為了賺錢，找來的對象人品差，如果可能的話，麻煩村長代找二位像蘇珊一樣漂亮的小姐，一個給阿川，一個給我當老婆好嗎？」

所幸阿川聽不懂我在說什麼，否則他會爽死啦。

村長聞言哈哈大笑，笑聲震耳欲聾。

就在這一瞬間，水面下突然跳上一條大魚嘴巴緊咬著村長的衣角，我還沒看清楚是什麼魚種，只聽見村長「哎呀」大叫一聲，身子立即往後仰掉入水中，下水前村長的腳踝可能被船舷底部的木板夾住，留下一大灘血跡。

我和阿川把村長扶上船簡單消毒、包紮急速返航後交代蘇珊緊急送醫，我和阿川收拾一下釣具隨後就到。

詎料，蘇珊送的是一家貧民醫院，我和奶奶趕到醫院門口即聞到一股濃濃的藥水味，差點昏倒，正在待診室的村長還沒上痲藥之前痛不欲生。

我皺著眉頭略顯無奈地指責蘇珊為何把村長送到這種三流醫院來。

隔天，村長的腳踝腫漲得像一顆法國麵包一樣，毫無改善，我要蘇珊立刻幫村長辦出院轉到第一流的仙樂斯醫院，讓村長接受最好的醫療照顧。

事後在店內阿姿告訴我：「蘇珊小時候窮慣了，很怕花錢，所以才把爸爸往貧民醫院送，這是她的本性。不過，太節儉有時候會誤事。」

十九

「哎呀，蘇珊真傻，錢我會幫她付，怕什麼？」

說到這裡阿姿突然話鋒一轉：「但她的人品卻很善良也很念舊，是標準的賢妻良母型的女人，如果你願意的話，我幫你牽線好嗎？」

我愣了一下後順便問她：「好哇，不過我很懷疑蘇珊長得那麼漂亮，為何沒人追呢？」

阿姿回以：「不可能啦。」

緊接著阿姿又說：「蘇珊雖然家窮但是她對於擇偶的條件卻很高，我知道有很多人追她，其中一名她的同學最為殷勤，凡事有求必應，唯可惜的是，此人其貌不揚又不善言詞，更不懂交女友的要領，雖然蘇珊經常伸手向他借錢但蘇珊並不十分喜歡他，倒是你們二位有夫妻臉，上街走在一起郎才女貌很速配，你不覺得嗎？」

「哈！……真的嗎？不過我想了解蘇珊總共向他借了多少錢？」

「不是很多啦，請放心。其實她的同學是一位打腫臉充胖子的金主，他們只是小額的借貸而已。」

「嗯，既是如此乾脆我幫她還債，讓覬覦蘇珊美色的這位同學不再和她糾纏不清，妳認為如何呢？」

「不，船長請稍安勿燥，目前你必須佯裝不知情，保持冷靜，以免節外生枝，待時機成熟我自然會通知你。」阿姿說。

「哎呀，阿姿妳誤會了，我是擔心夜長夢多啦。」

「船長，聽我的話準沒錯，以免造成欲速則不達的遺憾。」

「好，那我們一言為定請妳當紅娘，我一切都依妳安排就是了。」

「嗯，等村長出院我將盡力完成這項任務。」

同時我告訴阿姿事成將有厚禮相贈，但她卻淡淡地回以：「謝了，不用啦，我只是想做點功德而已。」

數日後村長的病情漸穩。由於他老人家住不慣昂貴的醫院吵著要回家，在醫師的同意下辦出院後，奶奶暫不必上班，在家專心照顧村長。店內的業務當然由大姊和阿姿二人全權處理，但是大姊已數次告訴我本地餐廳有不少高檔魚貨的訂單要不要接？阿姿也因為忙不過來暫時無暇兼顧當紅娘之事。

十九

我知道有訂單不接很可惜，但問題是人手不足若欲調動二位弟弟，箱網內的石斑乏人照顧也不行，我一時也想不出對策。

村長希望我接下這些訂單以備日後石斑魚大量上市時才能穩住客源，人手不足就暫由蘇珊協助料理三餐及一些雜務。

最後我按照村長之意於翌日和阿川、蘇珊三人出海。

不料，老天爺並不賞臉。連日來漁獲不理想，零星上甲板的數量根本無法應付餐廳的需要，唯奇怪的是，最後一尾活餌竟意外地上來一條大魚在水面下銀光閃爍，待其離開水面才確定是罕見的肥帶魚。

這條身長二公尺寬八公分的大魚，通常是在清明節前七天內出現，意外的捕獲讓我欣喜若狂，拉上甲板後忘了魚的牙齒非常鋒利，拔釣鉤時不小心刺傷手指頭，頓時血流如注，在一旁的蘇珊擔心魚齒有毒，直接用口幫我吸掉淤血後，阿川趕緊跑進船長室找來優碘及紗布，包紮完成因傷口劇痛無法繼續抛竿而被迫返航。

二十

回到家阿川幫我下廚，將肥帶魚剁成八塊敷上少許鹽巴下鍋慢火煎，上菜前加入胡椒鹽及檸檬汁，並邀大姊、阿姿與村長家人分享舌尖在嘴巴裡跳舞的美味。

席間，村長的話特別多，大夥兒也跟著起鬨，突然有一位菲律賓人出現在蘇珊背後，打斷了原本阿姿要幫我扮紅娘的話題。

根據初步了解這個人和阿姿也是大學同學，畢業後分道揚鑣，因蘇珊的關係才偶有聯繫。

和大家打過招呼後，他馬上問蘇珊：「這位陌生人是誰？」

「啊，對不起，我忘了幫你介紹，他是台灣來的船長，現暫住我家。」蘇珊指著我說。

此時我已明白原來這個菲律賓人就是蘇珊口中的金主。

他立刻自我介紹：「我是蘇珊的同學，昨晚剛從鄉下回來我名叫艾力克，目

二十

前任職於某家建築公司擔任土木工程師。」

我也很客氣地邀他一齊來品嚐佳餚。

他坐定後馬上用懷疑的口氣問我：「船長你怎麼跟村長認識的？」

「在海上認識的。」我說。

「台灣的漁業不是很發達嗎？你何必來此討生活呢？」

「老實說這位船長釣魚的技術相當好，每天的魚獲量令人瞠目結舌，自認識以來我想向他學習以便改善我們的生活。」

村長的一段話似有意化解艾力克心中的疑慮。

不過，艾力克依然用不懷好意的口吻試圖在雞蛋裡挑骨頭：「村長，你新租的這棟透天厝和室內應有盡有的家電產品，請問錢從哪兒來的？」

「去年我幫船長介紹魚苗的生意，我用他給的佣金買的。」

「喔，原來如此。」

此時，艾力克的目光又瞄向我：「請問船長你是用什麼身份來的？」

我是辦投資簽証來的。

「再請問船長：你認為在菲律賓投資有利可圖嗎？」

我愣了一下回以：「嗯，是的。」

交談直至深夜散會後，艾力克告訴我改天他還會再來。

果然不出三天他又來了，時間非常敏感，是晚上十一點，所幸蘇珊還在廚房打掃、我和村長還在聊天，否則將會引起諸多不必要的揣測。

待蘇珊打掃完我也累了，勉強擠出一縷尷尬的微笑邀他和蘇珊一起到外面吃宵夜。

這個時辰大部份的小吃店都打烊了，結果蘇珊找了一家鴨子店，進入店內蘇珊點了四顆鴨胎並問我要不要？

我回以：「我們台灣沒有這種小吃，我來一碗牛肉麵就好。」

當她們剝開蛋殼裡面露出尚有鴨毛的鴨胎時，我用狐疑的眼光看著她們如何把它吃下肚，結果令人跌破眼鏡她們竟然一口接一口，吃得不亦樂乎。

哇，好噁心喔，看到這一幕我眼前的牛肉麵就原封不動地擺在桌上難以下嘛。

蘇珊見狀忙說：「這個鴨胎很補呀，你怎麼不敢吃？」

我揮揮手示意：「我三餐吃魚就很補了，不可補過頭啦。」

付完帳回到家，艾力克以極不尊重蘇珊的隱私權的態度，直接闖入她的閨房問東問西，雖然沒發現可疑的男人衣物，但讓我覺得艾力克這個人狐疑心重又那麼粗魯真不知他的大學文憑是否用錢買來的？

從此，艾力克不定期的三二天就往村長家跑，一坐就是一整晚，即使坐在沙發上打瞌睡也樂此不疲。

有一天，蘇珊告訴我：艾力克的建築公司最近標到一個大工程，因資金不足經常拖欠包括他在內的員工薪水，「說穿了，他就是要逼我還錢，希望我能幫上這個忙。」

我立刻反問她：「妳總共向他借多少錢？」

「那是很久以前的事，不是很多啦，現在他想轉行開餐廳，需要用錢，並要我站櫃台當會計。我告訴他：錢我會想辦法還，但是當會計我不是這塊料，你可以另請高明，何必強人所難呢？」

「嗯，我知道了，他就是心裡有鬼，擔心來日一旦發生近水樓台的事，他豈不成了冤大頭。」

同時我也從蘇珊口中得悉艾力克只是受薪階級的月光族。

因此我要蘇珊轉告：開一家餐廳要花很多錢必須慎重考慮，目前我有一家海產店是以一貫作業的方式在經營，如他有意開餐廳的話，我可以免權利金及押租金頂讓給他，但漁貨必須由我供應，價錢可比照魚市場當日的批發價，如有剩貨或下雜魚可退貨，我將用來絞碎肉餵石斑魚。

數日後艾力克當面告訴我：「謝謝你的好意，我不想欠任何人的人情，因為錢債好還，人情債最難還。」

隔日，我提醒蘇珊要防範艾力克這個人的司馬昭之心。

在一旁的村長對蘇珊說：「船長說的沒錯，艾力克開餐廳要妳當會計只是藉口而已，妳怎麼那麼傻呀，船長把妳當皇太后伺候妳卻嫌太沈重，我們跟船長出海淘金雖不敢奢言可以大富大貴，但最起碼三餐大魚大肉生活無虞，何必選擇跟著艾力克舉債開餐廳呢？難道妳要一輩子過苦日子？我上一輩子不知造什麼孽，

二十

今世才生出妳這個腦殘兒來。」

「爸，我不是白痴，好的生活我不是不要，問題是我們曾經長期向他伸手借錢，我只是不想被冠上過河拆橋的罵名，所以前幾天我並沒有把話說得很絕，爸，放心啦，現在我明知艾力克心懷不軌，但不論他找了多少個藉口我一定會想出一套潔身自愛、明哲保身的對策。」蘇珊說。

我拍拍蘇珊的肩膀說：「噢，對了，剛才妳忘了告訴我，到目前為止總共向他借了多少錢？」

許久她才說：「大概不會超過十萬披索。」

「如果我幫妳還清債款的話，對於艾力克的糾纏妳要如何善後？」

「嗯，我會伺機快刀斬亂麻。」

二

午後，蘇珊還清債務之後就失聯絡。

直到華燈初上，村長急了打電話問艾力克，很久電話卻沒人接。

村長、奶奶急得跳腳，我更急。

此時，得知消息的阿姿也趕來了，一進門就開始碎碎念：「船長，我們明明講好關於艾力克的事，不可輕舉妄動、不可操之過急以及暫時不可幫蘇珊還債，你也信誓旦旦地跟我打勾勾保証絕對遵守諾言。好了，現在蘇珊出事了，請問你要怎麼處理？」

「對不起啦，阿姿，我真的很擔心蘇珊被艾力克帶走，所以一時把我的諾言給忘了。」

「我不是要你跟我道歉，我是要請問你事情要怎麼處理？」

我低著頭一時啞口無言。

二一

就在此時電話鈴聲響，村長搶著接。

「喂，喂，你是村長阿伯嗎？」

「是的，蘇珊不是去還你錢嗎？現在幾點了為什麼還不讓她回家？」

「阿伯，我是艾力克，因為我擔心失去她，所以暫時把她留在身邊，這不是綁架案，保証不勒索贖金，更不會欺負她。」

「艾力克，你和蘇珊是同學，一直以來我都把你當自家人看待，我萬萬沒想到你竟然用這種卑鄙的手段妄想得到蘇珊，真令人髮指呀。」

「阿伯，我懷疑她今天拿來的錢是從那個臭台灣仔身上挖來的。」

「不，艾力克你誤會了，我曾經向你說明錢的來源恕不再重複。」

「哼，我不相信。我認為這個臭台灣仔在你們面前佯稱他有幾個臭銅板讓你們信以為真，然後就跟我來一招橫刀奪愛。阿伯，你知道我有多麼愛蘇珊嗎？多年來只要她需要用錢時，我從來沒拒絕過，猶記得有一次月底還沒領薪水，我心甘情願跑去捐血站賣血以滿足她的需要，現在你們搭上心目中的這一班黃金特快車就把我一腳踢開，我死不瞑目啊，嗚……」

「艾力克，今天蘇珊去還錢是應該的，請不要胡思亂想好嗎？」

「沒錯，錢債己還，但她還欠我一個永遠還不完的人情債。」

「艾力克，做人不要太霸道，我不同意你的說法。」

「不同意我就與蘇珊同歸於盡。」

說完艾力克隨即把電話掛斷。

「糟了，艾力克翻臉了怎麼辦？」村長焦急地說。

「艾力克現正在抓狂，村長，我勸你盡可能不要惹毛了他，先把蘇珊騙回來再說。」

十分鐘後艾力克又打來。

「阿伯，你如不同意我把蘇珊留在身邊，除非你叫那個臭台灣仔滾回台灣去。」

蛤，我聞言立刻從沙發上跳起把村長的話筒搶過來。

「喂，艾力克你哪來那麼大的權力趕我走，我所有的証件都經過國會批准的，就連當今的總統也必須尊重國會的決定不是嗎？」

「好，你不走可以，但蘇珊永遠回不了家。」

我手裡拿著話筒腦海一片空白，許久……。

「艾力克算你狠，我現在開始整理私人行李，在一個時辰之內見到蘇珊後，我立即自動離開村長的家。」

「君無戲言？」

「嗯，絕無虛言。」

「好，我再一次提醒你，離開後請勿再折返否則你將見不到蘇珊她們全家人。」

「艾力克，我一再保証絕無虛言，何必杞人憂天呢？」

電話掛斷，阿姿立即問我：「船長，你做這項決定今後要我們何去何從？」

「放心啦，我會很風光地回來。」

「可能嗎？你不擔心艾力克把蘇珊完全佔有嗎？」

「阿姿，不要想太多啦，我寧願失去一切用愛的力量保護她安全回到家，足以証明我比誰都愛她，蘇珊將會有自己的想法。」

稍後，我一面整理衣物一面交待村長及奶奶：「今後千萬不可擺臭臉給艾力克看，反而要以笑臉的姿態相迎並偶而稱讚他的聰明才智，讓他在優越感的作祟下自會對你們卸下心防，之後我一定會想出對策以牙還牙。」

「船長，不如順著艾力克要開餐廳的旨意，然後我再教導蘇珊如何把艾力克的餐廳搞垮。」奶奶說。

「不行，奶奶的建議還不夠狠而且在還沒搞垮之前，艾力克一定會選擇與妳們同歸於盡，雖然他口口聲聲說可給予蘇珊上下班制的禮遇，但是據我所知中午二點以前的半小時內通常客戶比較少，此時一旦發生人力不可抗拒的事讓蘇珊情何以堪？因此，我建議當他再度提到要開餐廳時，請妳們務必回答：『你以前是不讓船長專美於前，執意要開餐廳跟他互別苗頭，現在船長被你趕走了己無後顧之憂，可以安心回頭重操舊業了。』用這個方法先把他的情緒緩和下來，好嗎？」我說。

另外我要求村長及蘇珊暫留家裡不必出海以取信艾力克，並交代阿姿等一下和大姊來船上找我。

時間一到，艾力克和蘇珊果然出現在我眼前，我和蘇珊相視許久並沒互動，像似一場無言的結局。

稍後，我帶著裝滿遺憾的行囊離開村長的家。

二三

回到船長室，阿姿她們倆姊妹也跟著來了。

我先將備用的對講機拆下教她們如何安裝天線、使用方法及記得每天要充電，今後就靠這一台在每晚海產店打烊後聯絡。

緊接著我告訴阿姿：「請轉告村長、奶奶今晚的談話內容務必記入心崁裡，否則會壞了大事，尤其是要特別注意無論艾力克有多麼偉大的理由，一概不准蘇珊和他單獨外出。」

「好，我一定轉告。不過，我想請問船長：你真的要回台灣嗎？」

「不，我沒那麼傻啦，我會把船固定在馬尼拉灣外海下錠，雖然現在已成一艘無法泊靠陸地的漂泊船，但從明天起照常出海作業後天清晨五點前我會把船開進NAV0TAS魚市場，麻煩妳開車來接魚貨，然後就直接出海作業，從此日復一日不間斷，預定每星期辦船上補給一次，希望妳鼎力協助好嗎？」

「好，船長，我很佩服你的心思細密又有創意。」

二二

「阿姿，妳過獎了，不是心思細密而是環境所逼，不過，目前我尚缺至少一名船員不知哪裡找欸。」

在一旁的大姊忙插嘴問：「不會釣魚可以嗎？」

「可以，但先天條件一定要不暈船。」

「我確定他絕不暈船。」

「妳怎麼知道？」

「他是我老公啦，小時候經常跟爸爸出海除了天生不暈船以外專門負責煮飯、打雜。」

「他現在做什麼行業？」

「大樓管理員。」

「如果明天可以馬上辭職的話，後天清晨五點魚市場見。」

「好，一言為定。」

談話結束就此暫解人手不足的問題。

過不久，偶然在收音機裡聽到一則馬尼拉市長選舉的消息，距離報名參選截止日還有十天。

我心中暗喜：天助我也。

我立即透過對講機通知阿姿轉告蘇珊：若欲扳倒艾力克，時機已成熟，請由即日起快馬加鞭的卯盡全力慫恿他報名參加此次市長選舉。

「船長，你有沒有搞錯，選舉要花很多錢欸。」阿姿說。

「我知道。」

「你明知他是月光族哪來的錢參選呀。」

「阿姿，我反問妳：前日他執意要開餐廳，若不是他手上握有不動產權狀或一些有價証券的話，一個月光族哪來的熊心豹子膽敢口出狂言，因此，我看準這一點，所以請不必質疑他錢的來源好嗎？」

「好，不過，我知道每一場選戰都打得很激烈，尤其是菲律賓的買票文化我絕對不相信艾力克承擔得起。」

「阿姿，沒錯，他自己明知沒有選戰經驗在社會上也沒什麼人脈，但可以利用蘇珊告訴他除了願意當他的助選員包括站台、披綵帶沿街拜票、坐宣傳車搖旗吶喊以外，還可幫助他搶攻婦女票，讓選民誤以為她是艾力克美若天仙的賢內助，如果他還在猶疑不決之際，蘇珊再對他做出承諾：如果選上了就嫁給他……等等不確定的誘餌，讓他信以為真。」

注入這一針強心劑之後果然不出所料，他馬上拿出長久以來不敢變賣的一塊位於馬加智市區精華地二千二百坪的祖產緊急向銀行借貸八千五百萬元全力投入市長選舉，詎料，選戰進入正酣時才發現錢不夠用，又瘋狂地向親戚朋友、兄弟姊妹的私房錢搜刮一空，結果還是名落孫山讓艾力克嚐到人財兩失的滋味。

數月後，因還不出銀行的利息被迫落荒而逃。

事後阿姿問：「船長，你這一招好厲害喲，是哪裡學來的？」

「在台灣我上過永遠拿不到畢業証書的社會大學，今後我必須再接再厲地向前輩們學習。」我說。

在確定艾力克滯美不歸之後，阿姿一顆熱騰騰的心再度提及欲幫我扮紅娘之事。

「嗯，等一等讓我考慮一下好嗎？」

「船長，不趁此良機向蘇珊提親要待何時？」

「雖然我很喜歡她但是昨天我突然想起她和艾力克舊情綿綿會不會讓我買到一部中古車呢？」

「不可能啦，她曾經向老爸保証絕對會潔身自愛以及除了你以外不容許別的男人抱她，講句話時你也在場不是嗎？船長，不要想太多先上車吧，來日若發現她是一個食言而肥的人，另外再買一部新車易如反掌折枝，菲律賓是陰盛陽衰的社會，美女滿街跑，以你的條件要找一位像蘇珊一樣漂亮的老婆很簡單，更何況我知道至少有一位女人還痴痴地等你開金口呢。」阿姿說。

「誰，是妳嗎？」

「不是，但天機暫不洩漏。」

於是，在阿姿的促成下我和蘇珊有情人終成眷屬。

二三

佈置新房時村長找機會告訴我：「今後不必叫我老爸，我倆就以村長、船長相稱即可。」

「為什麼？」

「因為你喊我老爸，我要稱呼你釣魚師父，結果是不分軒輊，只要你心中有我這個岳父存在就不必多禮了，但是菲律賓是母系社會，所以對於奶奶的稱呼仍然不變。」

「嗯，好吧，我們就這樣說定。」

結婚當日，從馬尼拉灣捎來的海風中夾雜一股薰衣草的香味令人陶醉。我們依照當地人的習俗上教堂接受神父的祝福，除阿姿倆姊妹、姊夫及阿川以外，謝絕親友參加，中午烤一頭乳豬附加四樣蔬果以及二打啤酒，結帳時總開銷壹萬披索有找。早知如此，來菲娶親哪怕在台灣不時被譏為ＬＫＫ的話題，哈！

當晚就寢前我告訴蘇珊：「情場如戰場，如果不除掉艾力克的話，今晚躺在妳身邊的就不是我了，所以我倆應以感恩的心忘掉過去不愉快的事，不分彼此共同創造美好的未來。」

婚後我決定讓蘇珊暫留家裡當家庭主婦，由我、阿川、姊夫及村長四人再度出海時卻碰到海象不佳，魚兒雖不捧場但是都把帶來的餌料偷吃光光，不得已換上一副栩栩如生的毛鉤，卻罕見地讓我們枯等一個時辰毫無動靜。

正欲返航時，突然釣竿尾端傳來「咻，咻」的急促聲，釣竿尾隨即下垂至海平面，我知道中魚了。原手動的捲線軸已成自動，把魚絲往外猛抽，我唯恐魚絲被大魚扯斷，情急之下立即鬆掉捲線軸任其狂飆，瞬間我大叫一聲，和釣竿一起被大魚拖下水就像坐水上摩托車一樣，滑行數百公尺，但我還是緊緊地抓住釣竿不放。

稍後捲線軸停了，我知道大魚累了不再往前衝，遂慢慢地把魚絲捲回來，村長見狀也立即開船隨後趕到。

一般捕捉大型魚類用的是二百磅魚絲，我深怕現在用的二十磅魚絲無法承受大魚的拉扯。在千鈞一髮之際立即請村長抱來一支電浮標丟入海中，利用它的天線和釣竿上沿與釣線間的空隙綁在一起，如大魚再度衝撞，天線和釣竿立即應聲倒向海平面，釣線則由線孔順勢滑出，然後我爬上船，使用方向探測機隨時測知電浮標的方向以便掌控大魚的行蹤。

神啊，請保佑我把大魚拉上來我會永遠記住你的恩賜，阿彌陀佛。我利用大魚停止衝撞時趕緊收線並求神保佑。不料，休息片刻已恢復體力的大魚又開始往前衝，當然我也不甘示弱地以全速馬力迎頭趕上。

來，寶貝我們來耗吧，看誰比較狠。這時我把心一橫，態度丕變。

我吩咐阿川到船尾部取出十二吋浮球三顆，再度跳入海中將它繫在浮標上避免電浮標沈入水面下收不到信號。

一切工作安排就緒，夕陽緩緩西沈，在遙遠的天邊即將拉下黑色布幔之際，我們四人輪流休息準備在海上和大魚纏鬥到底。

稍後在烏漆嘛黑的海面上微弱的月光斜影映照，大魚忍著劇痛不時發出哀嚎，晃動的電浮標激起陣陣不規則的浪花。

我又開始擔心魚絲太細有可能被大魚扯斷的危險，立即打開船長室前的探照燈以便隨時盯住魚絲的動態。

詎料，在強光下的照射卻引來大量的透抽、小管、柔魚等魚群的聚集，讓我們撈得不亦樂乎。

船長室裡的方向探測機每五秒鐘發出「的答、的答」的信號，照理說只要魚絲不被扯斷，預計明晨大魚一定手到擒來。

隔日晨曦中發現電浮標原地不動，我知道大魚已精疲力竭了，當我船靠近浮標準備收線時大魚又突然向前衝，但力道不大。

此時我雙手合十口中唸唸有詞：「神啊，請你保佑我把大魚拉上甲板，因為現在我必須養活一堆人欸。」

說也奇怪，我拉起船邊的浮標時，捲線軸也不動了，我開始慢慢收線，歷經一個時辰，大魚來到船沿確定已奄奄一息，仔細一看原來是大目鮪魚。

「喔，感謝神的保佑賜我一筆財富，同時也感謝大目鮪的合作，雖然我不想殺你但你終究難逃被日本人吞下肚的宿命，來吧，請乖乖投降。」我喃喃自語。

我們小心翼翼地利用船上的揚繩機把重達七十六公斤的大目鮪吊起，上甲板後我開始熟練地工作：去鰓、肚和放血，我順便告訴村長：「放血的動作很簡單但很重要，以保持肉質鮮嫩，希望不要外傳。」

完工後返港就近送魚市場準備拍賣，但枯等半個時辰卻乏人問津，在店內的阿姿得悉後趕緊通知：「大目鮪是外銷貨，必要往鮪魚產銷合作社送，魚市場只是內銷而已。」

轉往合作社後隨即招來眾多外銷魚販。這一尾大目鮪因有放血的特別處理，雖比不上黑鮪魚的入口即化，但競標結果還是相當的熱絡。

為慶祝財神爺的眷顧，當晚宴請所有的關係人。席間我頻頻向阿姿敬酒，感謝她的協助才順利將大目鮪售出。不料我這項舉動卻引起坐在身旁的蘇珊不時用狐疑的眼光瞪著我看，讓現場的氣份顯得有些詭異。

此時，眼尖的阿姿發現不對勁馬上告訴我：「在她面前不要講福建話以免讓她疑心生暗鬼。」

酒過三巡，在哄堂歡笑聲中我對於這次凝聚多年的經驗與夢想的海上奇遇記臭屁一整晚。

直至深夜才由大姊拉開有如雞叫的嗓門高歌一曲：我比誰都愛你的英文老歌，讓大家笑彎了腰結束今晚的聚會。

二四

回家就寢前我問蘇珊：「剛才在聚會中妳為何狠狠地瞪著我看？我有做錯什麼事嗎？」

「我發現你和阿姿在談話中眉來眼去很曖昧，也許你不知道，她現在極欲找一張長期飯票，我擔心失去你因此特別在意你的言行。」蘇珊說。

「我知道她有一次很失敗的婚姻，但她絕不是妳想像中的那種人，妳未免想太多了，再說妳們不是同學嗎？」

「對啊，同學歸同學，但是人不為己天誅地滅不是嗎？」

「她受過高等教育不可能對妳做出鳩佔鵲巢的事來。」

由於雙方知識及文化水準的不同以致於認知差距南轅北轍，跟這種人很難溝通，難怪菲律賓的華人都謔稱西班牙的混血為「化人」，意指食古不化的人。

隔日，在地的報紙頭條報導：台灣船長以二十磅魚絲釣獲重達七十六公斤的大目鮪創下新的歷史記錄……。

報載出爐，引起社會各界熱烈的討論。我看了嚇一跳，擔心人紅是非多將會惹出許多不必要的麻煩。

尤其沿海漁民由即日起，每每在海上作業時，一大群菲籍小船就像螞蟻繞在一堆糖周圍一樣虎視眈眈。

他們一致抱怨我一個外國人不該來此和他們搶飯碗，經常口出惡言要我滾回台灣去。

曾經有一次手氣很好，甲板上滿是高檔魚貨，他們爬上我船取走台灣帶來的日製釣竿和大部份魚貨，並揚言幹掉我這個台灣人，簡直像是攔路搶劫的土匪一樣可惡至極。村長見狀雖強力制止但於事無補。

此時船舷邊突然又出現二艘橡皮艇，艇上約有十來名妙齡女郎。上甲板後鶯鶯燕燕地佔滿船長室外圍，其中一名惡狠狠地問：「船長是哪一位？」

我舉手示意的同時，她對空開出第一槍嚇得阿川他們馬上逃入船尾部伙房躲起來。

稍後她又問：「你們是來買魚的嗎？」

「不是，甲板上的魚是我們自己釣的。」

「你們為何可以侵門踏戶的在此釣魚？」

「我有政府核准的合法証件，沒有違法侵入領海之事。」我邊說邊掏出隨身攜帶的工作証讓她過目。

「你們的船員跑那兒去？把他們找來好嗎？」

我到船尾部伙房才知道他們除了嚇得腿軟之外都快尿濕褲子了，我噗哧一笑並趴在村長耳邊細語：「安啦，我會想辦法請貝特來處理。」

「等貝特來才叫我們好嗎？」村長邊說邊顫抖。

在確定他們暫時不敢露面回到船長室之後，我突然想到剛才她開第一槍右手臂舉高時露出一隻和貝特相同的蜘蛛刺青，我已心知肚明地告訴她：「我是貝特的朋友，請問妳認識她嗎？」

她愣了一下問：「哪一位貝特？」

「是羅蘭多的女兒。」

「你怎麼認識她呢？」

「也是在這附近海域認識的。」

她馬上拿起無線電對講機：「喂，大姊，我是茱麗葉，這裡有新狀況，我懷疑這艘船的魚貨是買來的，但船長堅持是自己釣的，並說他是妳的朋友，也認識阿伯，最奇怪的是這位船長竟然會說英文實在相當罕見，請大姊速速來一趟好嗎？」

大約半個鐘頭貝特趕來了，上甲板見了我第一句話：「船長，怎麼會是你？甲板上的魚根據茱麗葉的說法是買來嗎？」

「不是，我們自己釣的。」

「咱們跑江湖的最討厭被騙，你要老實說哦，否則就要自求多福了。」貝特很嚴厲地對我說。

「嗯，絕無虛言。」

「船上只有你一人嗎？」

「不，還有台灣船員、姊夫及村長。」

「去哪兒啦，把他們叫出來問話。」

「貝特，剛才他們被茱麗葉嚇得魂飛魄散，待會兒等他們還魂好嗎？」

「我以前曾經告訴你盡量遠離這個是非地，你為何偏偏不聽，難道你們像豬一樣皮在癢嗎？」貝特扳起面孔地說。

「貝特，我不是不聽啦，因為許多菲籍漁民認為有我在的海域釣到魚的機會比較多，才主動靠過來，我又不能把他們趕走。」我說。

「剛才我看過他們船上部份的漁獲物是以下雜魚居多，而且高檔貨量少，這是怎麼一回事呀？」貝特問。

此時，在一旁的茱麗葉不斷地瞪著我，似乎想把我一口氣吞下肚的樣子。

我淡淡地回以：「釣魚除了靠手氣以外，還要利用魚探機找沼澤地，我船上的航海儀器有的是用來測試瞬息萬變的風向以及水流速度，然後靠經驗判斷魚兒吃餌的動態。這些儀器你們都沒有，而且船上連一隻新式捲線軸的釣竿也沒有，何以測知釣魚絲在海水裡的深度，釣得到魚，純屬偶然。貝特，工欲善其事必先利其器不是嗎？更可笑的是他們自己生不出孩子還怪別人大屁股哪。」

至此，貝特請茱麗葉帶領這一群同伙分頭以毋枉毋縱的精神詳細查問所有的菲籍小船，今天是否有賣魚給這位台灣人，再做處理。

二五

緊接著貝特又問：「船長，你使用的這套儀器很貴嗎？」

「不是錢的問題，而是你們的船上沒有那麼大的空間，可容納這些航海儀器。」

「船長，請問你這套絕活是從哪兒學來的？」

「我是跟阿公前前後後十餘年苦學而來的。」

「早知如此，悔不當初沒把你從蘇珊她們手中搶過來為我們家所用。」貝特說。

「貝特，家家有本難唸的經，我之所以不能為妳們所用的主要原因是：近年來台灣沿海的漁源枯竭，賺不到錢，被迫離鄉背井來此討生活，就算被妳搶過去，我的家庭經濟重擔即使妳願意承擔，我豈不成被人譏為吃軟飯的笑柄。」

許久，貝特若有所思的一直沒回應。

之後她又問：「咦，你的船員跑哪兒去了？」

「他們躲在船尾部不敢出來。」

「你就去把他們找來，我保証不會傷害他們。」

我到伙房再三向村長保証絕不會受傷害，他們才提心吊膽地跟著我，到船長室後貝特指著村長開口第一句話問：「咦，這位好像是幾年前跟你來過我家推銷魚苗的村長嗎？」

「是啊。」

「你們是在海上買魚認識的嗎？」貝特問。

「不，我和村長認識的經過已跟妳說過，恕不再重複。」我說。

「啊！對不起，我把它給忘了。」

在一旁的村長見縫插針忙補充說明：「我和船長在海上認識以後，有一次我半夜膽管炎住院，必須緊急開刀但需款孔急，在求救無門之際，幸遇船長伸出援手才暫解燃眉之急，病癒出院後，我主動要求船長暫住我家，我們一向安貧樂道不求大富大貴，只要三餐溫飽之外，生病時醫藥費不求人，跟船長學習一技之長，即使是不受薪，我們全家人願效犬馬之勞。」

「什麼？你們竟然是做白工的，那好，我以同樣的條件你們願意把船長讓給我嗎？」

「我不相信妳能找到五名免費又認真工作的船員，如果真的找到了我願意讓賢，但是魚貨拍賣款全歸船長一人所有。」村長說。

雖然村長並非詐騙集團的成員，但已跟我學習到見風轉舵的本事了。

隨後，我告訴貝特：「村長的解釋妳滿意嗎？我們是在互惠的原則下達成協議的。」

「嗯，船長對不起，剛才我錯怪你了。」

問完話，我揮手示意村長他們暫回船尾部休息。

坐在船長室無聊時，我找話題問貝特：「聽說最近妳成了空中飛人，恭喜妳！真是時勢造英雄，不過我還是建議妳福克五十的老爺機盡量不要坐。」

「生意還好啦，我很認真地在做這項生意，所以漸漸地淡出江湖，沒時間跟那些狐群狗黨狼狽為奸了，但茱麗葉是例外，因為她一直都是我的貼身護衛，今天正好我沒送貨到台灣才讓你們逃過一劫。」

二五

我聞言刻意親了一下她的臉頰以表達滔滔江水的謝意。

貝特也馬上回親一個香吻並跟我咬耳朵：「HENLY，我夜夜倚門望，明月千里寄相思但一直等嘸人，今晚來我家，好嗎？」

「要幹什麼？」

「我很想你喲。」

好噁心喲，本想不理她，最後才勉強擠出一句：「改天吧。」

「HENLY，你說了好幾次的改天但沒有一次是真的，你要知道我從小到大只要我想要的，沒有一次得不到的，只有你……」

「貝特，把口袋裝得滿滿的鈔票是目前最重要的事，所以請妳暫時不要胡思亂想好嗎？」

「好啦！知道了，其實我深愛你的主要原因是你這一次除了賜給我賺錢的機會以外，並經常提醒我不要坐老爺機去賣命，雖然我也明知有風險，但我認為它機動式的制度才能應付漁民不定時的到貨，為了爭取時間非老爺機莫屬。」

我立刻反駁：「換一個角度來說妳可以選擇留在台灣，由妳爸負責出貨，再僱請一位工人押貨以策安全。」

「是的，台灣水試所魚苗產銷班的班長所見和你略同，更建議如有足夠的經濟能力自己買一塊塭地，他可以配給超額的魚苗給我，唯因新開發魚塭的造價太高，遭到爸爸的反對。不過我向班長建議，如果無自用魚塭可得魚苗配額的話，我計劃利用回程把魚苗載回菲，以達雙向牟利的目標。可惜，我的想法不被班長認同。」貝特說。

此時茱麗葉她們像螞蟻上樹一面爬上船舷一面喊：「大姊！我們回來了，問遍所有的船隻沒人敢偷魚啦。」

我和貝特因此中斷聊八卦。

「好吧，既然查無實據就暫時放了他們留校查看。」貝特對茱麗葉說。

臨走前，為感謝這二位黑道大騷包擺平這場海事糾紛，刻意來個禮貌性的擁抱。

二六

詎料，一波既平一波又起，事隔月餘的某日清晨，正準備出海之際，有五名自稱是移民局官員來到船上，要我出示居留証及工作証，而我隨身只攜帶投資簽証，對方卻說沒工作証不准非法打工，在一旁的村長口若懸河地解釋，就像是秀才遇到兵一樣有理講不清，因此硬被帶往移民局看守所平白的被關了好幾天。後經村長補辦工作証才獲得釋放，在看守所裡我一直在想其中二名官員似曾相識，但卻印象模糊，直到出了看守所才確定，是前日藉口加速農村建設要求樂捐的那二名地痞流氓。

返家途中，我一直懷疑這件事是艾力克搞的鬼，回到家我問蘇珊：「艾力克認識這幾個歹徒嗎？」

「我不知道欸，你怎麼認為艾力克跟他們有關？」

「因為知道我們經濟狀況的人，除了家人以外合理的懷疑就只有艾力克一人了。」

「不過，他現在在美國避債怎可能指揮這些流氓？」

「我認為他在菲律賓還有親友可以透過國際電話遙控。」
「老公、你想太多啦，現在他連吃飯都快成問題了，哪來的錢打電話？而且他的朋友，尤其家人對他恨之入骨哪。」
「妳怎麼知道他的現況？」
「嗯，上個星期我接到他的來信，要求寄一千美元應急，我才知道他已山窮水盡了，我回信告訴他到餐廳打工，寄錢的事我幫不上忙，而且他根本不知道我們已經結婚了。」
「哎呀！早知艾力克的近況那麼糟，我實在不該誤會是他在搞鬼。」
「好啦！以後對於任何有爭議或不確定的事，在缺乏證據之前先別急著下定論，行嗎？」蘇珊說。
「嗯，知道啦，以後我會改進。」
緊接著她又說：「目前最重要的是必須開始對我們的養殖場加強巡邏了。」
於是，我立即來到養殖場查看才知道再過一個多月石斑魚即可上市。
我問大弟：「有陌生人來過嗎？」

「最近每天下午都有幾個身穿黑衣戴墨鏡的人駕著橡皮艇在養養殖場邊晃來晃去，形跡相當可疑。」大弟答。

此時，我又回復幾年前欲承租魚塭的想法，但正值虱目魚苗放養期的魚塭若欲承租談何容易，我們一家人急得有如炭火上的草蓆一樣焦頭爛額。

過幾天村長告訴我：「隔壁村有一戶魚塭塭主因年老力衰無法繼續經營管理，有意讓租，不知船長意下如何？」

「好，我們去現場看看哪有這麼好康的事？」

到現場和塭主見過面才知道他已年近風燭殘年，無法自營是事實，所以我只簡單地問他：「老先生，你的塭地面積有多大？」

「大概二公頃多一點點。」

「請問每公頃的年租金需要多少錢？」

「十萬，以二公頃計算就要二十萬。」

再請問：「塭內現有的海芙蓉、龍鬚菜怎麼處理？你們幫我請工人清除好嗎？」

二六

「好，工錢由租金扣可以嗎？」村長說。

「我同意扣二千。」塭主說。

「不，至少要扣一萬。」村長相當堅持。

經過一番討價還價，最後以扣五千達成協議。

成交付款後，工人清除塭內雜物提上來，放置塭邊時發出的惡臭令人作嘔，我越想越不對勁。

於是，我打開水門利用漲退潮，約一星期重覆地排放水，企圖清靜塭內的水質但於事無補。

我很後悔動作太快、付錢太快，「這座魚塭不知多久沒有啟用，也沒曬池以致於塭內的土質壞死，已不堪使用，所付出的肯定全泡湯了。」我說。

村長問：「為什麼？」

「因為土質一旦壞死，我們的成魚放進去會感染一股臭泥巴的味道，會被老饕們罵翻天。」

最後我提議：「目前救得了我們的只有貝特一人，我想主動找她幫忙，好嗎？」

「嗯，沒錯。她絕對有能力擺平那些流氓，但是我擔心得不償失。」村長和奶奶異口同聲地說。

「而且我認為這一次她不會無條件地幫你這個大忙，我猜她會藉這次的機會把你佔為己有，為了保全養殖場而失去你，我們的損失不是更大嗎？」村長說。

在一旁的蘇珊和二位弟弟紛紛表示反對我的想法。

「好吧，既然大家都反對我和貝特糾纏不清，那就順其自然了。」我說。

數日後，在兵臨城下之際狗急跳牆，我苦思一個最笨的對策，雖然風險很大但總比整碗被人捧去還好。

於是，我交代阿川把船上一百八十顆六吋至十五吋的浮球搬下來，繫在箱網上避免拖出後往下沈，再十萬火急地找來水下爆破隊，埋雷管再同一時間內將固定在海底的四支網架角柱爆破，我船則以全速順利地拖出箱網及網內石斑魚，暫置於岷多羅外海，從此養殖場即消失在馬尼拉灣的海岸線上，同時除了二位小舅子以外並加派三名工人和配槍的警衛加強控管。

二七

事隔半月，在杜鵑爭啼的夏夜裡，我手裡握著阿姿送來的當日石斑魚外銷香港的訂單，仔細一看對於內容的諸多限制並沒十足把握，遂馬上找來阿姿問：「箱網內的老鼠斑及龍膽石斑的數量約略有多少？」

「老鼠斑缺貨，龍膽石斑約有三百公斤或以上，至於普通斑則數量很多。」

「對方無上限地要求老鼠斑的數量，但我們卻缺貨，依妳的看法這張單子可以接嗎？」

「雖是不能接但要考慮到這是第一張單子，如果把它退掉的話日後想和香港人做生意恐怕難如登天。」

「嗯，妳說的沒錯，不如我授權給妳專程跑一趟向對方解釋老鼠斑是可遇不可求的高檔魚貨，經常缺貨，龍膽石斑是其代替品。」

「如果對方不接受呢？」

請妳告訴對方：「魚是海裡抓的，什麼時候會抓到什麼魚任誰也無法知道。」

「建議你自己一個人去比較妥當，因為你是老闆，除了可以當機立斷以外，順便找更多的訂單回來，一舉兩得不是很好嗎？」阿姿說。

「沒錯，但是有一些國際貿易的細節就要靠妳的專業，希望妳跟我一齊去，請問妳意下如何？」

「嗯，恐怕蘇珊會有意見欸。」

當晚我告訴村長這個決定，在一旁的蘇珊聞言馬上一翻二瞪眼，拉高的嗓門有如夏日午後的響雷：「不行！哪有孤男寡女一同出遊的事，我不同意。」

「我們是去做生意不是相偕出遊，幹嘛大驚小怪。」我瞪了她一眼。

村長見場面火爆忙打圓場：「蘇珊若放心不下，你們三個人一齊去不就沒事了。」

蘇珊搖搖頭還是不同意。

我轉而告訴村長：「這張單子很重要阿姿不得不親赴解說，但有些事必須由我做決定，之後順便找更多的訂單回來，至於蘇珊所擔心的事我和阿姿開二個房間，她就不必杞人憂天了。」

「開二個房間有一間是空房，請不要自欺欺人好嗎？」

二七

村長忙說：「別吵啦，船長，既然蘇珊的疑心病那麼重，改用傳真的方式可以嗎？」

「也可以，但對方堅持要老鼠斑的時候，我們手上沒貨，雖然有代替品，傳真或用電話的解釋對方會覺得我們誠意不夠，很可能被取消這張訂單。」

村長又說：「船長你一個人去可以嗎？」

「有些國際貿易的細節我不懂，會被對方看笑話。」

談及深夜，毫無定論。

隔日，阿姿得悉一切很不高興地說：「既然蘇珊對我成見那麼深，我決定不去了，由你們夫婦二人去即可。」

「不，蘇珊是恃寵而嬌，其實做生意她一竅不通。」

「嗯，照你的看法這張單子肯定會被取消囉。」阿姿說。

「沒關係，妳現在馬上傳真給對方，老鼠斑缺貨，這張訂單恕難接受。我們只做內銷即可。不過，我有一個想法：全部做內銷的話若遇供過於求的時候，我們除了在黃昏市場租一攤位專賣自己的產品之外，還需租二至三坪的急速冷凍庫防止生產過剩或滯銷時魚貨的保鮮。」

「嗯，船長這個構想很好，但是……」

「好，好，不用再說下去了，我知道怎麼處理，欠缺員工由妳倆姊妹負責去找，薪水的多寡由妳們決定後我照付，至於妳倆的薪水由即日起加給百分之百，這樣妳們滿意嗎？」

「ＹＡ！船長你好棒喔。」

我抓住這個機會把大姊拉到身邊告訴她：「本來我以為蘇珊的美貌是賢妻良母型的女人，但是，自從結婚以來凡事她都堅持己見又很難溝通，這時候我才深深的體會人不可貌相的道理，也難怪這裡的華人謔稱西班牙混血兒食古不化，這絕非空穴來風，這種人和我無法攜手共度一生，因此，我想邀阿姿另起爐灶伴我過一生，將蘇珊現有的位子取而代之。」

我還沒把話說完大姊搶著問：「船長，君無戲言乎？」

稍後，阿姿回說：「謝謝船長的青睞，但請暫勿意氣用事，蘇珊雖然醋桶很大，不過我認為她醋桶越大代表她愛你越深。」

「做生意不是在開玩笑欸。」我說。

「沒錯，有了她的搗蛋讓你外銷香港的生意做不成惹毛了你，但是你要找機會馴服這一頭西班牙蠻牛，再說她是我的同學，我不忍心鳩佔鵲巢。而且我認為該是我的絕對跑不掉，不是我的倒頭來只是浪費時間而已。」

「嗯，阿姿，再請問妳：我知道妳有一次失敗的婚姻，難道妳不想再找一張長期飯票？」

「想啊，但是請別和我不堪回首的往事牽扯在一起好嗎？」阿姿首度口出怨言。

「啊，對不起，阿姿我失言了，不是故意惹妳生氣，只是要妳知道今天是我正式開口求妳的。」

「船長，請稍安勿躁，我剛才說過：『該是我的絕對跑不掉啦。』」

「阿姿，我心裡極不平衡是因為蘇珊太不尊重我又目中無人，讓我活得很沒尊嚴。」

「船長，你受的委屈我都知道，但是你們既成夫妻，理應互相忍讓，千萬不要為了小事抓狂，再說村長曾經幫助你賺了一筆大錢，不是嗎？」

「嗯，村長的事我念之在茲，蘇珊就是利用這個優勢趾高氣揚。」

「船長，勸你找時間跟村長、奶奶懇談，如沒改善的話才撂出一句重話：『休怪我無情哦。』兩位老人家一定會妥善處理的。」

此時，大姊打斷阿姿的話說：「船長，店內的生意雖然很好，但部份老饕希望嚐嚐深海魚類的滋味，不知船長能否滿足他們的需要？」

「但深海魚類是延繩釣漁業，需有專業或上過遠洋漁船的船員，村長和姊夫又沒經驗，光是我和阿川不夠用啊。」

猶記得數年前我和阿公隨船首度來到西沙群島捕紅肉旗魚，這種魚類警覺性很高嘴巴也很刁，深怕中了漁人的詭計，不容易上鉤，又當時用的是一百八十磅的魚絲所以魚獲量不佳，但其肉質相當鮮嫩、每尾重量不超過四十公斤小巧玲瓏又經常在二百米的深度洄游，適合以近海垂釣的方式解決船員不諳延繩釣的釣法，這一回我也不是省油之燈，於出港前夕把所有的魚絲換成一百磅的細絲在海水中若隱若現的誘其上鉤，只可惜這種洄游性魚類的群聚僅限每年的八月份短短的一個月，來去匆匆令人扼腕。

結果，歷經十八天和紅肉旗魚的纏鬥漁獲量劇增，回航時不經魚市場拍賣，阿姿建議在新設的各個據點直接售予老饕們，在所有的魚貨中尤其是生魚片物美價廉因而造成搶購熱潮，同時也在我的銀行戶頭裡增添好幾個零。

二八

正在和阿姿她們分享豐收的喜悅之際，奶奶和蘇珊突然出現在我眼前。從她們母女倆焦躁不安的眼神裡，不難看出已有大事發生，雖然對於蘇珊素來的表現尚未釋懷，我還是不急不徐地拉開二張椅子很有風度的請她們母女入座。

「謝謝啦，船長，我們坐不下去。」奶奶拍拍我的肩膀說。

「什麼事讓妳們坐立不安？」

奶奶立即彎下腰在我耳邊細語：「村長今天中午從海產店回來在家門口被綁架了。」

「蛤！真的嗎？妳有看清歹徒的面貌嗎？」

「有，一個是滿臉鬍渣，一個長得很抱歉。」

「嗯，我知道是誰了，他們有要求贖金嗎？」

稍後，我接到歹徒的電話，通知要求三百萬於明晨八點半，在奚安橋下一手交錢一手交人，並恐嚇不得報警，「天啊！我哪裡找這筆錢呀。」奶奶邊說邊拭去眼角的淚水並要求救救村長，同時保証蘇珊今後對我絕對百依百順不再頂嘴了。

此時，蘇珊一把眼淚一把鼻涕的向我哭訴：「老公，請原諒我過去的任性……」

她還沒把話說完，噗通一聲就跪倒在地，阿姿見狀一個箭步跑過來將她抱起來說：「老闆娘，又不是三歲小孩有話好說不需要這樣，來，坐著聊。」

「阿姿，謝謝妳不忌恨我過去對妳莽撞的行為。」

「老闆娘，過去的事就別再提了，現在最重要的是商討如何營救村長。」阿姿說。

「準備贖金就要看船長幫不幫忙，要不然只好報警了。」奶奶一直低著頭啜泣。

大約有五分鐘的時間我悶不吭聲，之後突然從坐椅上站起來說：「妳們千萬不可報警。」

二八

「船長，你想用錢解決嗎？」

「都不是，因為報警就會像猴子弄翻一碗麵線糊一樣，越弄越糟，我更不可能用錢解決，我自有辦法。」

正要起身離去時卻被她們一窩蜂團團圍住。

蘇珊首先開口說：「老公，你千萬不可照貝特以暴制暴的方法，因為歹徒一旦拿不到錢，爸爸的生命就會有危險。」

「不然要找誰？」我說。

「報警好嗎？」

「不行，報警更危險，因為歹徒看到警察來，第一個就先把老爸幹掉，請妳們放心，村長有恩於我，這一次是報恩的絕佳機會，我不可能坐視不管的。」

蘇珊聞言開始碎碎唸：「報警不行，花錢消災也不行……」

「遇事要臨危不亂知道嗎？我會利用貝特的黑道背景和歹徒討價還價把贖金降到最低，再說這一次如付了三百萬，過幾天歹徒食髓知味又找他們的死黨依樣畫葫蘆，如此的惡性循環，我又不是美國的比爾蓋茲，豈能像砧板上的一塊鮮肉任人宰割呢？」

「嗯，船長，你的想法不無道理，但建議你再三思，此次貝特不會無條件幫你這個大忙哦。」阿姿苦苦相勸。

「目前我沒想那麼多，只要把村長安全救回來於願足矣。」

「老公，你是我們家的支柱，你如有意外我們豈能獨活？」

「放心啦，我會明哲保身。」

「老公，提醒你別掉以輕心，也許貝特和二名歹徒同是一丘之貉，我擔心你去找貝特幫忙等於是自投羅網，我想出一個下下策，如你同意的話，我願以三百萬賣身救父。」

我狠狠地瞪了她一眼才說：「妳腦袋裡長繭嗎？剛才我講過的話妳是聽不懂或是有聽沒有到？試問妳到底有幾個蘇珊可以賣？」

阿姿忙說：「老闆娘妳的說法未免太幼稚也太離譜了，船長不是付不出贖金，只是不讓歹徒食髓知味而已，不過，我想請問船長，你對貝特那麼有信心嗎？」

「是的，貝特雖是黑道的人物，但其個性總比那些橫眉直豎的歹徒好應付多

二八

了，尤其去年，我介紹虱目魚母外銷到台灣讓她賺了不少錢，她感謝我都來不及，還有可能恩將仇報嗎？如果妳們認同我的說法就別再擋住我的去路好嗎？」

在一旁的阿川雖然聽不懂我們在說些什麼但也過來湊熱鬧：「船長，需要幫忙嗎？」

「幫你的大頭鬼啦，你們繼續喝滿載酒，我去救村長回來。」

二九

來到貝特的家，見面後鉅細靡遺地說明案發始末，她聽完敘述沈默一會兒才說：「好，我知道是誰了，但是要擺平此事你要有心理準備花錢消災哦。」

「貝特，如果我有錢花就不會來找妳了。」

「蛤，對方要三百萬你卻一毛不拔，這個落差那麼大，要由我出面幫你擺平此事恐怕困難度很高欸。」貝特說。

緊接著她又說：「我建議讓你打對折，如何？」

「貝特，我來菲律賓已二年，雖然有賺點小錢，但在台灣的家庭開銷大，至今依然兩手空空。」

「船長，何止小錢，請不要把我當白痴，路人皆知光是魚苗生意就讓你狠撈一筆，一百五十萬只是冰山一角而已，何必自欺欺人呢？」

「貝特，魚苗的生意確實有賺錢，但妳只知其一並不知船東，先分掉一半，另一半才由我們六個船員平分，我的所得也僅夠家庭開銷而已。」

二九

「船長，我一直把你當好朋友，聽到你賺錢的消息我只有默默地祝福你、恭喜你，但是碰到需要用錢時你卻表現得那麼寒酸，我現在就很嚴肅地告訴你：自求多福吧。」

「貝特，我絕無虛言。」

此時，我故意佯裝一副令人同情的可憐相企圖改變貝特的想法。

不知道過了多久屋內一片死寂，貝特突然冒出一句：「好啦，看你這副狼狽模樣，明天我就空著一張嘴巴去試試看，若成功的話這個天大的人情我要看你怎麼還，你現在先回去，明天下午三點再來。」

我聞言心中暗喜：「村長終於有救了。」

當晚，我沒回村長的家，在船上和阿川淺酌時告之：「明天早上我去向阿姿拿錢，辦完船上補給，下午若把村長救回來當晚我們馬上溜回台灣去。」

阿川一直拉著我的手問為什麼。

本來我不想透露內情但經不起阿川一再要求，最後還是說出：「其實，我知道這次綁案的主角是我，因為歹徒認為綁了我不一定拿到錢，把村長綁起來我就會去籌錢，只是歹徒萬萬沒想到我有一張黑道王牌—貝特。不過，她講了一句語帶玄機的話讓我憂心忡忡，所以才決定不再帶刀帶槍上海去，也不再跟那些黑道的糾纏不清，只要目的達成就趁黑夜溜回台灣以一了百了。」

「船長，我跟你來菲律賓的目的是為了找老伴，現在連半個都沒找到就要回去，真衰。」阿川開始碎碎唸。

「阿川，對不起啦，我實在是情非得已，返台後，我保証擺個脂粉陣專門伺候你，好嗎？」

時值初秋，在這個微涼不覺曉的夜裡，我卻輾轉難眠。

隔日下午依約見了貝特卻不見村長。

「貝特，談判沒成功嗎？」我問。

「不，村長已經回家了，今晚千載難逢的天賜，良辰美酒你就留在我家和我的姊妹淘們參加慶功宴。」

「貝特，改天好嗎？」

「不行，我知道你總是有說不完的改天。」

二九

「請問：村長現在在哪兒？」

「你想見村長嗎？好，你現在就打他家的電話以便釋懷。」

電話接通，聽到村長的聲音後電話旋即被掛斷。

我用狐疑的眼神瞧了貝特一眼，但沒吭氣。

緊接著，她的姊妹淘陸續到達，佣人也開始準備晚餐。

上菜前，號稱十二金釵的姊妹們，鶯鶯燕燕地喋喋不休，她們雖不是什麼文人雅士，卻也不脫一般少女的淑氣。

我仔細地瞧，心想：「這群少女怎會去幹殺人越貨的勾當呢？」

稍後宴會開始，首先由貝特發言：「今天是我一生當中最榮耀的時刻，談判結果對方居然不拿我一毛錢而能讓村長全身而退，對方實在給足面子太高興了，來！大家先來乾一杯。」

貝特這些話似乎在說給我聽的，但我心中尚有難以言喻的顧忌。

姊妹淘們順勢一杯接一杯地敬酒，在珍饈醇醐與觥籌交錯中，渾然忘我之際，身旁的貝特突然趴在耳際細語：「親愛的，他們實際上要綁的對象是你而不是村長，因為他們覬覦你在菲律賓累積的財富，讓村長成為無辜的受害者，幸虧你找對人，否則三百萬的贖金肯定一毛錢都不能少，這個天大的人情我要看你怎麼還。」

「貝特，大恩不言謝啦。」

此時，姊妹淘們見狀立即異口同聲地大喊：「船長，和大姊親一個，嘴對嘴親一個。」

親完嘴在酒酣耳懃之際，大夥兒又起哄：「大姊，跟船長喝交杯酒，在盛情難卻之下我接受了。」

稍後，不勝酒力的我哪經得起姊妹淘們的連環敬酒，卻把貝特語帶玄機的言辭拋到九宵雲外。

喝吧，酒國英雄，酒興一來我恨不得把桌底下的酒全裝進肚子裡，詎料，通宵的狂歡我已爛醉如泥。

醒來時已近黃昏才發現身邊多了二個全裸女人，仔細一看原來是貝特和茱麗葉。

二九

我急忙搖醒貝特問：「這是怎麼一回事呀。」

全身臭酒味的貝特揉揉眼說：「ＨＥＮＬＹ，昨夜你酒後失態，我們倆姊妹都被你硬上了。」

「怎麼可能？貝特，強摘的果實不甜知道嗎？」我見苗頭不對說邊穿好衣服準備逃離現場。

「蛤？ＨＥＮＬＹ你少臭美，我倆姊妹失身於你還敢硬拗誰強姦你，真是得了便宜又賣乖。貝特她倆一面拿起大浴巾裹身一面走下床」

「貝特，妳耳朵裡長繭嗎？我是說強摘不是強姦。」

此時貝特似乎查覺我想溜，說話態度立刻一翻二瞪眼。

「強摘也好，強姦也罷。男人總不能像路邊野狗玩完拍拍屁股就走人，今天你沒跟我倆說清楚不要惹我抓狂哦。」

我見苗頭不對立刻改口：「貝特，我願意付昨日的三百萬贖金予妳，請放我走好嗎？」

「可以啊，我並沒把你綁手綁腳你現在就可以走，但是今後如面臨每天有付不完三百萬的困擾時，請別再來煩我就是了。」

吵雜聲驚動尚在二樓休息的羅蘭多下樓查看。

當他了解狀況後淡淡地說：「你們三人都有錯，尤其船長竟敢欺負我的愛女，若不是欣賞你的才華，我早就一顆花生米送你上路，既然讓你佔了便宜，就暫時留下來為我家所用吧。」

我聞言嚇一跳心想：糟了，我這一輩子完了，一夜風流竟要付出那麼大的代價，早知如此何必當初？

三十

晚餐，我食不下嚥神情木然，貝特見了就像黃鼠狼給雞拜年一樣不安好心眼地說：「HENLY，剛才我是擔心你一旦出去麻煩事更大，屆時我想救也救不了你，所以既來者則安之，我們倆姊妹不會虧待你，來，菜要趁熱吃，吃飽了有二位美女要幫你洗澡、擦背、洗屁屁讓你舒舒服服地過著每一天。我知道你對於換一個新環境所引起鬱鬱寡歡的心情，也知道你所放心不下的事。沒關係，把心情放輕鬆，從明天起我們慢慢聊，我會一一幫你解決。今天能夠意外地擁有你又能和你同床共眠我喜極而泣，希望不要擺一張臭臉給我看，好嗎？」

緊接著，茱麗葉說：「晚上，我和大姊會像皇帝般的伺候你，哈！HENLY笑一笑，這個世界真美妙，你作夢也想不到竟然有二個美女隨伺在側，應該要懂得惜福呀。」

我經不起她們一再令人啼笑皆非的挑逗，終於露出一絲絲尷尬的微笑。

「哼，我才不想當皇帝呢。」

「為什麼？」

我沈默了一會兒才說：「自古以來中國那麼多人口當中最累的不是工人也不是農民，而是日理萬機的皇帝，晚上還要應付三千後宮佳麗，雖是夜夜春宵享盡人間的榮華富貴，但超標使用腎上腺素，據統計約有百分之九十九的皇帝都是短命鬼，雖然他擁有任意砍人的特權，但在夜夜歡樂聲中卻被『色』字頭上那一把『刀』給砍了，所以，不論男女，千萬不要縱慾，應適可而止。」

茱麗葉再問：「可是英文的色字頭上並沒有一把刀，請不要胡說八道好嗎？」

「我說的是中文的『色』字頭上就有一把『刀』，意思是勸人不要好色以免未老先衰。」

「噢，原來如此。」

我抓住機會上她一課，防止日後可能的需索無度，以明哲保身。

隔日，貝特問我：「聽說最近你的養殖場賺很多，錢大部份都匯回台灣，為什麼不留一些給村長做為家用？」

「雖然村長是我的貴人，但他們全家人省吃儉用也不必受薪，本來我和村長是在互惠的原則下達成協議的，所以忘了留下零用錢，現在我萬萬沒想到妳臨時把我留在身邊，萬一沒錢用把他們逼急了要怎麼辦？」

三十

「船上不是還有一個台灣人可以代位船長呀。」

「不行。他是輪機長不是船長的料，貝特，今天我順便嚴正地告訴妳，日後他們萬一找來這裡，妳千萬不可傷害他家的任何一個人哦。」

「不可能啦，我反而會以禮相待。」

「騙鬼，那為什麼前幾天妳故意不讓村長跟我見面。」

「啊，對不起，那是因為我跟姊妹淘們有約的緣故，下不為例。」

「妳敢跟我打包票嗎？」

「好，我倆打勾勾，我如傷害他們立即還你自由身。」

「貝特，空口無憑我們寫個白紙黑字好嗎？」

「不用，我們幹這一行的說到做到請放心。」

稍後貝特告訴我：「爸爸曾經分析你在菲律賓收入最豐厚的二個行業：虱目魚苗和石斑養殖。虱目魚苗目前台灣是可自給自足，不需靠菲律賓的野生苗了，所以他對石斑養殖有了很濃厚的期待，希望你能扛下這個任務。」

我點點頭雖然沒表示反對但馬上問貝特：「妳有足夠的資金養殖石斑嗎？」

「大概要多少錢？」

「總開銷至少要四百萬。」

「為什麼需要那麼多錢？」

「因為幼苗的食物來自日本，除了價錢貴得離譜之外，幼苗的食量更驚人，當初我就是沒算清楚差一點半途而廢。」

「有代替品嗎？」

只有台灣製的，但品質差，不合幼苗的胃口就會在網內互相殘殺，結果到最後成魚的存活率低，不合投資報酬，所以請妳務必三思，如果不是自己手上擁有的資金或向銀行借貸的話，建議妳取消養殖石斑的念頭，再說如在養殖過程中遇到紅潮妳將血本無歸。」

「什麼叫紅潮？」

「紅潮的英文『RED TIDE』是一種海洋弧菌，一旦發生，方圓一海浬以內的魚蝦貝類全數死光光，目前世界各國的生物學家尚無法研究出有效遏止的方法。」

「既然風險那麼大難道你不怕血本無歸？」

「不怕，我是運用投資簽証的柒萬伍仟美金及海產店的盈餘壹佰萬菲幣做後盾，即使遇到紅潮也不至於被摔得粉身碎骨。」

「噢，原來如此，今後我絕口不提石斑養殖了。」

漸漸地，在無形中像流星般流逝的歲月只能做一些非我所願的事，猛回頭，屈指一算離開村長的家已近一個年頭。

這一年來讓我體會到人在曹營心在漢的滋味。

有一天貝特告訴我：「HENLY你日有所思夜有所夢，昨天晚上你把我當作蘇珊一直喊：『蘇珊，我的最愛，妳為何不說話呢？』然後語焉不詳地說了一大堆我聽不懂的話，這是怎麼一回事？」

我嚇一跳後忙撇清：「可能是在說夢話啦。」

「不，我認為可能是放不下蘇珊才讓你如此的魂牽夢縈。」過幾天故態復萌，此後就一再地發生引起貝特的懷疑，立即找來茱麗葉：「妳先到移民局查明真象，如果屬實，此人不除，是我倆的心腹大患。」

數日後檔案資料出爐：「蘇珊於三年前和HENLY TSAI登記結婚，証書下沿註明，男方來自台灣擁有投資簽証等各類合法証件。」

因是影本，証書上的大頭照有些模糊不清，此時茱麗葉心裡已經有譜了。

行事風格相當激動的茱麗葉立即飛奔至村長家找蘇珊問話：「請問蘇珊在嗎？」

正在洗碗的蘇珊一會兒出來回說：「我是蘇珊，請問妳是誰？」

「我是貝特的二妹。」茱麗葉手裡拿著影本問蘇珊：「這是不是妳本人？」

蘇珊愣了一下回說：「是。」

茱麗葉再問：「HENLY TSAI是妳老公嗎？他是台灣來的船長嗎？」

「不知道，要問我爸。」此時，蘇珊已知大難臨頭了。

「HENLY是不是妳老公我馬上會知道，不說實話小心妳的腦袋。」

在一旁的村長見苗頭不對忙撇清：「那是假結婚啦。」茱麗葉疾言厲色地指

三十

著蘇珊：「証書上註明HENLY TSA1是來自台灣，為什麼還要騙我？」

「假結婚的事只有我知道。」村長答。

「還要騙嗎？我們幹這一行最討厭的就是被騙。」茱麗葉旋即掏出一把短槍頂住蘇珊的腰間並說：「走，跟我走，妳們當面去對質。」並恐嚇村長家人不得報警。

當蘇珊見到我時，貝特也在場，她欲言又止。

茱麗葉指著我問蘇珊：「這位是不是妳老公？」

許久，蘇珊低著頭一直沒回應。

茱麗葉再問一次：「他是不是妳老公？」

蘇珊依然啞口無言。

怒髮衝冠的茱麗葉舉槍作勢欲扣板機，貝特見狀立刻張開雙手制止：「我和HENLY有約，不准濫殺無辜。」

突然砰的一聲，貝特還來不及制止，蘇珊已倒臥血泊中。

深。

　　貝特和我立即把蘇珊送醫急救，沿途，我兩行淚寫下對茱麗葉的痛恨有多坐在急診室待命時，我名正言順地要求貝特信守承諾立即還我自由身。

　　她並沒有爽約，只希望在蘇珊病情穩定後回她家禮貌性的向其父辭行即黯然離去。

三一

來到羅蘭多的家門口，他見了我就像不共戴天的仇人一樣狠狠地瞪著我破口大罵：「你這個大騙子給我滾，滾回台灣去我不願見你。」

然後一個箭步打開大門用力一甩，「砰」的一聲巨響震耳欲聾，隨後我猛敲門卻沒回應。

許久，羅蘭多出來開門再度狠狠的罵：「既然你自投羅網，我今天就要替貝特討個公道，別以為她下不了手別人也跟著對你束手無策。」

我見苗頭不對，態度相當謙卑地回以：「先生，請勿動怒，我今天是貝特要我來向你辭行的，別無惡意。」

「哼！你不必要向我辭行，她的姊妹正準備對你發動第二波攻擊，你等著瞧吧。」羅蘭多的嗓門依然宛如夏日午後的響雷。

這一席話撼動我的腦神經。我馬上反應到，難道這是貝特有計劃地想借刀殺人。於是，我再度低聲下氣地說：「先生，貝特昔日待我的百般禮遇一直深植我心不敢稍加忘懷，相對的我也提供魚母外銷台灣的生意作回饋，我倆之間並無深仇大恨何以非置我於死地不可？」

此時，羅蘭多說話的態度雖有些許改善但依然非善意的繼續質問我：「沒人欲置你於死地，這個麻煩是你自找的。」

「這話怎講？」我問。

「你為何要欺騙貝特呢？」

「大人冤枉喔，我從來沒騙過她呀。」

「好，死鴨子硬嘴皮，我再問你，貝特之所以對你情有獨鍾是因為她誤以為你還單身，才三番五次地向你示愛，既然你不接受她的感情也就算了，何需謊稱在台已婚不敢搞婚外情的一大堆理由來矇騙她，你居心何在？」

「先生，這下子我跳入黃河也洗不清了，請問你有証據嗎？」

「要証據可以，若不能自圓其說我馬上一顆花生米送你上路。」

「好，悉聽尊便。」

「三年前你在移民局正式登記和蘇珊結婚，若不是被茱麗葉拆穿西洋鏡，可憐的貝特就像猴子一樣繼續被你耍得團團轉，這就是她的姊妹淘欲置你和蘇珊於死地的主因。」

「先生，你說的沒錯，但是我有特殊任務才在台和太太辦理假離婚取得單身証明後才和蘇珊假結婚。」

「証據確鑿你還想狡賴嗎？」

「不，是因為馬尼拉灣畔有一塊九十八公頃的海埔新生地，最近國有財產局公告公開招標，我為了參加投標不得不和蘇珊辦理假結婚以便取得投標資格，誠屬情非得已。」

「哼，我寧願相信世界上有鬼也不願相信你那一張嘴，你不是有投資簽証嗎？」

「對，但依規定僅限於地上物，例如房產或工廠之類的小額投資，外國人禁止國有土地的買賣，除非和本地人結婚取得公民權則另當別論。」

「結果那塊土地標到了嗎？」羅蘭多好奇地問。

「沒有，後來因為海埔新生地的土質鬆軟，以致於數度流標迄今乏人問津。」

「目前國有財產局還留下投標者的記錄嗎？」羅蘭多半信半疑地問。

「沒有，因為流標之後記錄全沒了，局長宣佈於下次招標時再重新登記即可，對於茱麗葉只知其一不知其二的質疑我已一一澄清，夫復何言？」

此時，羅蘭多拿起話筒急撥出電話但不知跟誰通話。

十幾分鐘後電話掛斷，他說：「真丟臉，我是在地人都不知有這一回事。」

緊接著他又問：「好幾億的資金你哪來那麼多錢？」

「投標金是我岳父的堂哥所有，我僅是人頭而已。」

「噢，原來如此，我又錯怪你了真抱歉。」

欣聞此言，我實在很佩服自己騙很大的應變能力才得以化險為夷，不過，更值得慶幸的是，從剛才的對話中他沒及時看出破綻才是我和死神擦身而過的真正主因。

這時候我四處張望怎麼不見貝特的人影。

稍後，我理直氣壯地問：「先生，現在我可以和貝特見面了嗎？」

「她外出不在家。」

「沒關係，回來請轉告我已向你辭行。」禮貌性地辭行後，快步逃離現場。

三二

逃過死劫後，直奔病房面對還靜靜躺著的糟糠妻，我心如刀割。

視線所及病房牆上卻貼出一張護理站的大字報：病人痲藥尚未退，家屬請勿離開。

趁這個空檔我電話通知村長家人以及阿姿前來。

不過，當他們魚貫進入後我剛開口欲說明事件經過，奶奶見到躺在病床的愛女時，情緒失控一時找不到出口禁不住嗚咽地哭出對那一群暗夜豺狼深深的怨懟。

我和村長見狀立刻上前制止。

稍後，我把蘇珊遭槍擊的事件說完才發現村長和奶奶面容憔悴，就像一盞風中的殘燭一樣，才一年不見即凸顯他們的老態龍鍾。

我隨即問村長：「奶奶的氣色蒼白何以故？」

「這一年來她因為過度擔心你的安危加上糖尿病末期必需洗腎的緣故。」

再問村長：「那你呢？」

我終日除了坐困愁城之外也束手無策。

我馬上揮手找來阿姿：「我不在的時候為什麼妳沒盡到照顧他們二老的生活起居呢？」

「船長，我有話要說，網內石班魚全部出清之後連同紅肉旗魚的貨款全數匯回台灣你的帳戶，原本預定你很快就會回來，豈知事與願違，雖然阿川暫代你的職務但卻航航虧損……」

在一旁的村長馬上打斷她的話搶著說：「阿川不是當船長的料啦，他每次出海前都向阿姿伸手要錢辦補給，阿姿為了讓漁船動起來，不惜由店裡挪出資金日子一久店裡的財務週轉也漸顯拮据，所以我們全家人不得不縮衣節食。」

我聽完瞟了阿姿一眼：「既是如此，妳怎麼沒下令停航呢？」

阿姿說：「哎呀，船長，你又沒授權給我，我哪來的熊心豹子膽下令停航，更何況阿川經常掛在嘴邊的一句話：『下一航次一定會賺回來。』」

我沈默片刻才說：「嗯，原來如此。好，這一年來阿州令人失望的表現我概括承受。」並決定把村長、奶奶送往安養院頤養天年。
「姊夫，你生氣了嗎？」兩位小舅子異口同聲地說。
「不，我沒生氣，只是想彌補這一年來照顧不周的責任。」
「姊夫，大姊醒來時找不到爸媽，她會很寂寞欸。」
「不會啦，有我和你們隨侍在側，大姊就會有安全感。」
稍後，我要求阿姿立刻查詢馬尼拉市區所有的安養院，選擇一家環境幽雅、乾淨舒適的生活空間住下來，並同意在奶奶洗腎日的當天，早上到市場買一斤新鮮牛腩回來煮給她吃，包括洗腎來回車資，所有的費用我全額負擔。
此時，奶奶才破涕為笑並說：「船長，大恩不言謝，但每次買一斤牛腩太多了吧。」
「奶奶，不用謝啦，我只希望在蘇珊病癒出院後利用妳的影響力，如果能夠改變她的個性，我高興都來不及喲，至於吃牛腩是要補充血液透析所流失的血紅素，氣色才會變得紅潤，洗腎患者一樣可以活得很有尊嚴，奶奶妳盡量吃，吃不完就和村長分享。」

「船長，這一年來店裡的財務週轉因阿川和奶奶洗腎開銷的關係已捉襟見肘，請問你錢哪裡來？」阿姿說。

「阿姿，妳依照我的要求去做就對了，別擔心錢的事，今日下午一定會送到妳手上，至於二位小舅子我買二艘十噸級的小漁船，外加四支日製釣竿，自己當老闆兼船員讓你們自力更生，如沒異議的話就此拍板定案。」我說。

這突如其來的喜訊讓二位小舅子受寵若驚、喜極而泣，久久說不出話來。

午後，蘇珊的麻藥漸退開始喊痛，我馬上找來護士拿止痛藥，當她睜開眼睛見到我時：「老公，我好害怕喲，我身邊好像有二個女人惡狠狠地瞪著我，手裡拿著槍槍口一直對準我……」

「親愛的，別怕，有我在別怕。」

「老公，抱抱我，緊緊地抱我……我好害怕喲。」

「不行，妳的傷口未癒不能亂動。」因右肩槍傷，我緊緊地握住她的左手掌，一會兒又見她沈沈的睡去。

醒來時，我發現她淚眼婆娑。

三二

「親愛的，妳是在夢中哭泣嗎？」

她激動地說：「不是。我是閉目沈思自你離去，我夜夜佇立在馬尼拉灣畔，內心的空虛寂寞只能對著天空吶喊，我就像無根的浮萍，等待風雨過後的美夢，結果即使想用酒來沖淡過去的回憶也止不住離別的淚水。」

我再次緊緊握住她的手說：「親愛的，有話慢慢說千萬不可以激動。」

「老公，我好想好想你喲，曾經有好幾次無法忍受你躺在別的女人懷裡溫存，很想衝過去把你搶回來，只恨，只恨我身上沒有槍不能如願。」她把話說完隨即泣不成聲。

我彎下腰擦掉她的淚水並在她額頭親吻了一下再說：「親愛的，一切都是我的錯，我對不起妳，沒有盡到保護妳的責任更連累妳差一點……」

她馬上用左手摀住我的嘴巴說：「不，我知道你用自己的生命去救老爸回來，我只是犧牲小我，受點槍傷換回全家團圓也是值得的。」

言畢，夫妻倆相視會心地一笑。

當晚，我小心翼翼幫她擦完澡後，不到一個時辰她一直喊痛，我要大弟向護理師要求施打麻藥，但不能如願依然痛不欲生。

隔日，我再三要求主治醫師幫患者施打麻藥，但因麻藥是管制品嚴禁濫用而遭到拒絕，僅能以口服止痛藥代之，至於白血球和血壓飆高，醫生則用盤尼西林抗生素和降血壓藥治療。

經過一個星期的療程，白血球、血壓持續飆高幾近破錶的同時，蘇珊已逐漸陷入昏迷狀態，大夥兒見狀亂成一團，我則心亂如麻。

雖然緊急找主治醫師理論但他雙手一攤地說：「我已盡力了，強效型盤尼西林抗生素若無法降低白血球的話就是神仙也愛莫能助了。」

蘇珊終於在當晚沒留下任何遺言悄悄地走了。

隔日接到一份醫生開的敗血症死亡証明的同時，即使我用哭乾了一公升的淚水也寫不完對她的虧欠。

三三

辦完喪事後的當天，我心中尚未消除喪妻的陰霾之際，二位小舅子就急著問：「姊夫，為何不讓爸媽參加喪禮？」

「我擔心一旦讓他們參加可能會造成無法彌補的遺憾。」

此時，阿姿也來插一嘴：「船長，我認為用這種瞞天過海的方法困難度很高欸，他們遲早會知道的。」

「沒錯。但是我現在的心情很煩，除了擔心蘇珊能否適應新環境以外，更不知如何面對村長夫婦，因為我也知道瞞得過一時絕對瞞不了永遠。」

「船長，蘇珊的事就不用煩了，人死不能復生何必庸人自擾，至於如何面對村長夫婦，建議你坦白跟他們說清楚。」

「不過，……我實在說不出口啊。」

「要不然就請你二位小舅子想辦法，說服自己的父母接受這個事實。」

結果他倆兄弟更擔心話一出口爸媽馬上去找大姊在黃泉路上結伴同行。

數日後我告訴二位小舅子：「嗯，我感同身受，目前我只是希望你們去安養院時，要像哄小孩子一樣哄爸媽，知道嗎？」

「但是，哄到有一天奶奶說很想念姊姊要求帶她來給她抱抱，這個時候要怎麼辦？」

你們就說：「姊現在槍傷未癒，尚在住院療養還不能下床走動，即使康復出院，也需要一段時日做復健，姊夫也放棄出海賺錢的機會全程陪她。」

爸媽一定會說：「有這麼嚴重嗎？我們去看看行嗎？」

此時，你們要斬釘截鐵的說：「不行，因為姊看到你們情緒一定會很激動，我們很擔心姊的傷口，一旦發炎很容易引發敗血症，後果就不堪設想，奶奶愛她想抱她反而害了她。」

「請問姊夫：我們兄弟倆一輩子不曾說謊，萬一這些謊言都無法說服自己，想笑又不敢笑出來的時候要怎麼辦？」

「沒關係，你們就放聲大笑地向爸媽說：你們在此安養天年，無後顧之憂，有姊夫在何必去找姊的麻煩，並帶一副俄羅斯方塊，教他們怎麼玩以消磨時間，之後故意空一段時日不再出現安養院，他們就不會胡思亂想。」

三三

在一旁的阿姿雖然聽得霧煞煞，但也覺得這是善意的欺騙，於是她向二位弟弟建議：「不妨採取船長的說法，試試看吧，也許這些美麗的謊言，可以將你爸媽的思女情懷永遠的帶進棺材裡。」

稍後，我對著二位小舅子很嚴肅的說：「我在貝特的家被軟禁的期間，對於那些狐群狗黨的慣例知之甚詳，當他們鎖定對象開出第一槍沒當場斃命，日後還會進一步追殺甚至抄家滅口。

「姊夫，你的說法不合邏輯啦，他們只要去醫院查病歷馬上真相大白。」

「不可能，那些暴徒沒有閒情逸致上醫院查病歷，所以建議你們買好漁船，利用暫不去安養院的空檔，馬上搬家遠走他鄉，以絕後患。」

「姊夫，我們一時不知要搬哪兒去呀。」

「別擔心，菲律賓有七千多座島嶼，只要距離馬尼拉灣西海岸遠一點即可。」

「搬家容易，可是姊夫萬萬沒想到有一天，爸媽會同警方來找不到人，家中的電器用品、沙發及電話全部搬走，要怎麼辦？」

「哎呀，我真是糊塗一直沒想到這一點，嗯，容我三思後再答覆你們。」

「船長，他們倆兄弟不搬家有這麼嚴重嗎？」阿姿問。

「我之所以安排村長夫婦住進安養院，是因為被軟禁期間我才知道，貝特叫她們有計劃的欲殺害村長全家人，沒想到我主動去找貝特，才使案情發生戲劇性的變化，如今我要求他們搬家是有其迫切性的。」

「船長，你可能想太多了。」阿姿說。

「不會吧，但凡事要未雨綢繆不是嗎？」

「船長，那你本尊呢？」阿姿再問。

「我擔心她們一定會殺人滅口，因為我是槍擊案的唯一目擊者，也是貝特眼中該殺而不敢殺的人，雖然她使出一招借刀殺人未果，但遲早還是會再找上門，今後我真不知要何去何從？」

阿姿猶疑一下再問：「為什麼貝特認為你是該殺而不敢殺的人。」

「我知道她很喜歡我、更希望能利用我的經驗為她家所用，但始終不能如願，而惹毛了她，是該殺的原因之一，不敢殺不外乎沒人能滿足她個人的需要，因此，她擔心一旦失去我，只得站在愛恨交集的人生十字路口上徘徊、徬徨，所以才遲遲對我下不了手。」

「哇，有這麼恐怖嗎？」阿姿聽得瞠目結舌。

「姊夫，既然如此，為求自保建議你不如歸去，我倆兄弟會學習獨立的，請放心。」

我嘆了一口氣再說：「其實台灣現在的漁業不景氣，回台不是唯一的選擇。」

「姊夫既不回台灣，小漁船也不用買了，我們願意和姊夫同舟共濟，即使是浪跡天涯也行。」

「你們不必太早幫我下定論，日後若決定繼續留在菲律賓，一家人也萬萬不可同擠一條船，以分散風險。」

此時阿姿面對二兄弟說：「好，我們暫不討論船長的去留，但是依照船長所言，你們非搬不可的話，事不宜遲，我建議搬到三麻省約克市一位親戚家，他是中國人，交遊廣闊又樂善好施，是協助你們的最佳人選，但切記不可向任何人透露你們的來歷。」

「阿姿姊，真的嗎？好，我們現在馬上回家收拾家當後就走。」

「好，但要先經船長同意後我才會隨行。」

我則交代阿姿：「小漁船到約克市採買即可。」

臨走前，二位小舅子猛回頭：「姊夫，別忘記幫我們想出說服爸媽的對策哦。」

三四

來到船上許久卻不見阿川的人影，索性到廚房找一些簡單的下酒菜，獨自喝起悶酒直至日落黃昏，忽聞船舷邊似有戲水聲，仔細一看才知道原來是阿川，我以為是水鬼游上來害我嚇一跳。

「嗨，阿長，我以為你回不來了，這幾天沒出海我都下水清除船舷下的苔蘚，以及船尾部的雜物，準備逃離這個鬼地方。」

「哈！我福大命大，也幸虧閻羅王忘了下召集令才放我一條生路。」

我伸手把阿川拉上甲板：「快，快去沖涼，換衣物後上街買一些醇酒佳肴來為我慶生。」

當晚，我倆在甲板上邊喝邊聊，酒過三巡我問阿川：「這瓶大陸的陳年紹興酒哪裡買的？」

「唐人街。」

「這瓶酒又香又醇，明天你再去買越多越好，只可惜身邊沒有美女作陪。」

三四

「阿長，什麼時侯變得那麼色？」

「被軟禁時身邊什麼都沒有，只有女人最多，我天天像皇帝般被伺候實在有點力不從心。」

「女魔頭貝特曾經問我：船上不是還有一個台灣船員嗎？我們十二金釵還有十個美女至今還找不到男人欸。」

「本來我想把你扯進來，讓你樂不思蜀，但稍後我認為那些雙手沾滿血腥的女人不適合你，所以才佯稱你年老力衰已不堪使用，因而作罷。」

「蛤？阿長，你想把我當豬八戒嗎？」

「不是啦，因為貝特希望我養石斑魚幫她家賺錢，我故意嚇她本錢需要四佰萬以上讓她知難而退，另一方面我不諳孵化幼苗食物來源的技術，不敢據實以告，一旦把你扯進來讓她賺到錢，你我這一輩子依照她們的慣例，只能當免費的工奴、性奴絕對逃不出虎口，所以，我仔細想一想還是由我一個人承擔才不會連累你。」

「阿長，你不早講，只要是飼養石斑，我有一套搞垮投資人的方法。」

「不，也不能做得太明顯，因為我還要想辦法脫身欸，所以我向貝特佯稱飼養過程狀況很多，除了必須具備雄厚的資金以備不時之需以外，如遇紅潮出現將會血本無歸，讓她心生畏懼主動取消飼養石斑的念頭。但是自逃出後才警覺到日後她一旦去查証，真相馬上會一一浮上檯面，立即由原本的不敢殺我變成非殺不可，尤其我在其父面前說了一個比一個大的謊言，很擔心國有財產局再度招標時，西洋鏡會馬上被拆穿，此時他們父女不甘受騙肯定會發動全菲律賓的道上人物，下達追殺令，將我千刀萬剮以洩心頭之恨」。

「阿長，我都聽得霧煞煞，你怎會跟國有財產局扯上關係呢？」

「說來話長，因為我明知貝特的黑道背景，基於道不同不相為謀的堅持不願和她同流合污，數度佯稱我是黃金單身漢，但三年前我和蘇珊在移民局正式登記結婚被她的二妹查到，証據確鑿惹毛了貝特，擬以借刀殺人的手法利用其父除掉我，當一個人面臨死亡威脅時只有二種選擇，一是硬拗二是隨緣，在千鈞一髮之際我選擇硬拗才突然想起曾經在報紙上，得悉國有財產局公開招標一筆土地，我在瞬間謊稱受人之託，為取得投標資格不惜和在台的太太假離婚，再和蘇珊假結婚，這些美麗的謊言是自己臨時杜撰的，才得以取信貝特之父，因而逃過一劫，現在既然被我逃出，卻擔心無處容身，這件事我一直隱藏在內心深處，尤其昨日向阿姿透露的內情只是冰山一角而已，不敢吐實，惟恐二位小舅子和阿姿認為我心機重不敢與我共事。」

「阿長，為什麼你要把她們騙得團團轉呢？」

我長嘆一聲：「哎！人在江湖身不由己啊。」

「阿長，也許你想太多啦，既然你擔心無處容身，我們連夜逃回台灣不就一了百了。」

「不，現在台灣的漁業不景氣回去要喝西北風嗎？」

「阿長，那現在要怎麼辦？」

「阿川，不要問我怎麼辦我也不知道該怎麼辦，我進退維谷，內心非常掙扎，來！我們繼續喝，痛痛快快地喝，我寧願醉死在自己的船上，也不願成為他們的槍下亡魂。」

一條永遠解不開死結的無形枷鎖，絆著我終日藉酒精來麻醉自己。

有一天，在醉夢中似有人在耳際喃喃細語：「船長，把酒戒掉盡快把失去的找回來，我願意將女人最珍貴的禮物獻給你。」

一語驚醒夢中人，我揉揉醉眼惺松的臉猛抬頭原來是阿姿。

「蛤，此事當真？」

「絕無戲言。」

我立即拋下愛不釋手的陳年紹興依約重披戰袍。

三五

出港前夕，我問阿姿會不會暈船？

她說：「小時候經常和爸爸隨船出海釣魚確定不暈船。」

「現在村長在安養院養老缺人手，如妳願意的話可以隨我們一起出海好嗎？」

「可以，但我們以前的裝備很落伍欸。」

「沒關係，我會教妳。」

當晚，我們在自家海產店聚會。席間，大姊笑咪咪地說：「船長，恭喜你恢復自由身了。」

「謝謝妳，但這也是失去一個老婆換來的代價。」

「沒關係，我曾經告訴你菲律賓女人很多再找一個就是了。」

我雖然沒回應但從尷尬的表情不難看出我心事重重。

「船長，你還有心事嗎？」

「嗯，妳們以後慢慢會知道的。」

「船長，請放心，我已從店內最麻吉的常客中，再挑出和貝特最親近的漁友找他們喝酒聊天，有意無意地釋放出你已回台灣的空氣，讓他們傳話給貝特，現在這一招假訊息確定已成功傳給了貝特，這幾天我急著來船上，欲告之這個天大的好消息卻發現……」

我打斷阿姿的話激動的雙手抱住她的肩說：「謝謝妳用心良苦，幫我打開心結釋放壓力、解脫自己。」

「不，不用謝啦，我只幫你解決一半，另一半如欲繼續留在菲律賓發展，建議你遠離這個是非地以求自保。」

「是，遵命。」

同時特別交代大姊：「妳暫時身兼二職，明日阿姿就要隨我們出海，遺缺再找一位替代人選，但要記得每月初一準時匯錢給養老院，以及店內所需的鮮貨暫由魚市場補貨。」

三五

大姊驚訝地問：「阿姿是文職工作者，海上生涯行嗎？」

「大姊，我是代村長的職缺而且確定不暈船，別擔心啦，釣魚的工作我很喜歡欸。」

「那是二十年前的事，妳是女人不能跟姊夫相提並論，好啦，妳高興就好。」我聽後再補上一句：「以前蘇珊同樣也跟我上過船，大姊，有我在請放心。」

大姊再問：「漁船出港不是很快就有魚貨了嗎？」

「不，我必須遠離馬尼拉灣的西海岸，但蘇祿海我很陌生，需要一段時間摸索欸。」

「要不然我們再到西沙群島附近捕紅肉旗魚，好嗎？」阿姿問。

「謝謝妳的提醒，一年前在西沙群島雖然賺了不少錢，但那是每年的八月份才有機會出現，而且紅肉旗魚是洄游性可遇不可求的魚類。」

阿姿再問：「在南中國海可能捕獲黑鮪魚嗎？」

「不可能。據我所知，黑鮪魚都在菲律賓以東或北太平洋的海域出現，而且黑鮪魚是深海魚類，必須動用揚繩機，船上除了我和阿川以外沒人會操作。」

「既是如此，我們只得在菲律賓中部的蘇祿海求發展了，根據消費市場調查，馬尼拉的魚貨進貨量百分之八十來自蘇祿海海域，百分之二十來自西海岸，北部和東部僅能自給自足。」

「噢，真的嗎？」阿姿這番話無異給我打一針強心劑。

緊接著我再問：「蘇祿海周邊的城市一共有幾個機場？大部份集中在哪個區塊？」

「大概七個左右吧，蘇祿海以東有四個，南方有二個，西南方有一個，西部則沒有。」

「西部沒有是什麼原因？」

大姊說：「西部小島很多，建機場只會養蚊子，說到蚊子，特別提醒你們到了西南方最好不要上岸，那個地方叫做巴拉灣公主港，雖然有一座機場，島上到處風景很美，海水可媲美馬爾地夫，唯遺憾的是蚊子特別多，而且每一隻都像蒼蠅那麼大，還有南方的三寶顏是回教徒的大本營，據我所知，回教徒個性很直很難跟人溝通，尤其跟他們做生意的手段及方法很霸道，有時稍一不慎即會帶來無限的困擾，除了這二個地區要特別注意以外，其他地區的住民都很善良。」

「好，謝謝大姊的提醒，明天早上出港前請幫我拿到一份這些城市的班機表，和保利龍紙箱一百個好嗎？」

「船長，恭喜你勢在必得。」

「不，只是備用而已。」

在一旁的阿姿也來湊熱鬧：「記得到約克市順道拜訪親戚陳生和二位弟弟哦。」

「那當然。」

稍後在歡樂聲中，大姊欲展現令人啼笑皆非的嗓門，卻遭阿姿的制止，建議由我唱一首快樂的出航結束今晚的順風宴。

三六

出海後，沿途放眼望去一團團積雲就像一朵朵雪白的棉花糖分布在蘇祿海的上空令人心曠神怡。

我依照慣例打開魚探機記錄每天的海底訊息，得悉水深都在一千米以下至二千米之間，我知道這是深海漁區。因一時找不到沼澤地，上甲板的漁獲物都以中、下雜魚居多，我將自己食用的留下以外，其餘的交代阿姿敷上鹽巴曝晒在船長室上頭準備當鹹魚乾賣給窮人。

阿姿禁不住地問：「船長，同樣是在蘇祿海漁區，我們的漁獲量和前面那艘大船的落差怎那麼大？」

「因為漁業種類以及漁撈性質的不一樣，妳要知道建造一艘超低溫大型流刺網漁船，藉海底電視確定魚群後，一網下去，無論皇親國戚或乞丐羅漢通通難逃上甲板的命運，造成大浩劫的海底悲歌，是許多國家明令禁止的漁業，而且船東需要具備雄厚的財力，目前我辦不到只得退而求其次，無魚，蝦也好啦。」

連續三天以來確定阿姿不暈船後，走訪蘇祿海的部份漁港，仔細觀察魚市場的魚獲動態、搬補給以及四人輪流上旅館洗熱水澡放鬆緊繃的神經，藉以消除連日來釣不到好魚心中的陰霾。

閒時，阿姿偶而問：「我們把魚絲換粗再加長可以釣深海魚嗎？」

「不行，用延繩才能釣深海魚類，現在我們所使用的海釣和延繩釣是二種不同的漁業，要釣旗鮪魚、油魚、劍旗魚之類的大魚是可遇不可求之事，但不論釣什麼魚一定要有耐心啦，海裡到處都有魚，今日釣不到就期待明日，除非找到沼澤地。」我說。

隔日，水路航行中阿姿再問：「什麼叫做沼澤地？」

「沼澤地就是海底五星級飯店，許多高級魚類都在此群居、洄游。」

數日後越過馬容火山附近海域，阿姿告訴我：「約克市快到了。」

漁船進港後泊在約克市碼頭邊，我們四人包著頭巾，不刻意修飾穿著，沿港渠小道來到魚市場，盡入眼簾的是一堆堆成蝦及部份高檔魚貨充斥其中，讓我倦意全消。

中午在陳先生家用餐，二位小舅子也來了。

當他得悉我所擔心的事，應允全力協助我之外，也希望我們盡量少在公共場所曝光。

我問陳先生：「漁船如需要辦補給時該怎麼辦？」

「我會在加油站前巡視，但你們四人要分工合作，動作迅速保証沒事啦。」

飯後，二位小舅子問：「姊夫，請告訴我們要如何跟爸媽做交代？」

我瞧了阿姿一眼再說：「請妳打直撥電話到安養院，用英文說，這是台灣打來的國際電話，請ＶＩＣＥＮＴＥ村長。……」

然後二位小舅子聽到爸的聲音馬上說：「爸，我二兄弟現在台灣貨櫃船上工作，是姊夫介紹的，薪水是每人每月美金伍佰元，我倆預定做滿期約二年，把荷包裝得滿滿的，準備返菲成家立業，順便告訴爸媽，姊因槍傷的周圍有發炎的現象，醫生建議轉往台灣繼續治療，全程由姊夫陪同請放心。」

說完就把電話掛斷，二年後再說了。

表面上這些理由雖然很牽強，但別無他法，二位小舅子也只得含淚接受我的建議。

三六

隔日出海前，天邊出現一抹淡淡的暈紅，我知道太陽即將躍出海面，我們再度來到魚市場對著一大堆的成蝦中，試圖翻找出體型壯碩的大蝦所佔的比率，卻遭到拍賣員的制止而作罷。

出海後，魚探機裡顯示這個海域水深都在八百米以上，而且二百至三百米處遍佈沼澤地，難怪魚市場內即有不少的高檔貨出現，頓時我眉宇間擠出難以言喻的喜悅。

下釣後，果然不出所料上甲板的盡是高檔貨，於是我立即使用定位儀，把這些黃金沼澤地一一記錄下來。

自發現這座黃金漁場以來，我日復一日的把所得魚貨直接往馬尼拉送交大姊處理，獲利甚豐。

二位小舅子看傻了眼，禁不住地問：「姊夫，我們跟在你身邊學習釣魚的技巧，但來此依樣畫葫蘆，上甲板的盡是中下雜魚，要求傳授幾招撇步。」

「好，明天我先把船開到幾個特定魚區，拋下海流錨將船固定後，你們才從港口出發，以手錶計時及看準羅盤方位，記住這二個重點後，我會告訴你們哪一個黃金魚區的魚絲，必須用釣竿的軸輪固定在幾佰米深，即可到達沼澤地，沿用此法你們將可終生受益不盡，然後把每日的漁獲物裝冰裝箱空運馬尼拉，寄交大姊處理，並電話告知飛機到達時間、寄貨人姓名以及銀行帳號，她會依魚市場批發價和你們結帳，如不同意也可在約克市魚市場拍賣，但價差很大哦。」

當晚阿姿問：「船長，你把所有釣魚的竅門毫無保留地告訴他們，這樣做妥當嗎？」

「別擔心，我自有盤算。」

之後各自洗完澡我問阿姿：「既然這個海域盛產魚蝦，請問你知道蝦苗場在哪嗎？」

阿姿反問：「船長，你有意經營蝦苗場嗎？」

「不，我對於經營蝦苗場沒興趣，但希望提供蝦母和蝦苗場做生意。」

數日後，經陳先生四處查訪，終於在魚市場正面左邊的廣場轉角陰涼處找到擺攤的蝦販，正在等待買主上門，我趁這個空檔與其閒聊時得知，他每天有二十至二十五尾的活蝦母到貨和許多收購蝦母的訊息。

於是，我順手挑了五尾體型壯碩的蝦母，交給阿姿預定下午的班機和魚貨裝箱飛返馬尼拉。

「船長，那你們的三餐誰來料理呢？」阿姿問。

「當財神爺來到我面前時，就要狠狠地抓住祂的鬍子，千萬別讓祂走掉，即使三天沒吃飯又何足掛齒。」我說。

「好，我會盡力協助你完成心願。」

「如順利找到通路，請代訂二百只摺疊式保利龍箱、五十個蝦母袋及小型乾電池氧氣機用航空貨運寄來。」

下午四點二十分上機前我再三叮嚀：「千萬別說出蝦母樣本的產地。」

我因過度期待，一時忘了和阿姿是像霧又像花的僱主關係，卻送她一個深深的飛吻。

三七

當晚我邀姊夫和阿川到港邊海產店，淺酌談及此次南下沿途所遇的漁友都非常友善的告知漁場概況，更慶幸有貴人相助，今日才得以找到魚米之鄉。

酒過三巡，我告訴姊夫：「但願阿姿這次能圓滿達成任務，如果可能的話我將循序漸進地擴大海產事業的美夢，姊夫你認為如何？」

「船長，有阿姿和我們的協助，肯定會讓你更上一層樓，尤其阿姿的工作能力相當優異只是她的婚姻。……」

姊夫話還沒說完我就搶著說：「她的婚事我略知一二，我曾經建議把蘇珊取而代之，卻遭到拒絕，理由是她無意鳩佔鵲巢。其實，當時我也有小小的顧慮，她既受過高等教育，為何婚前沒做好身家調查就糊里糊塗地嫁過去，令人匪夷所思。」

「有啦，不過男方在婚前極盡包裝自己之能事，阿姿因而受騙上當。」

我問：「或者是阿姿本人的生辰八字屬於掃把星之命盤呢？」

三七

「不，我們請教過數位命理師均異口同聲的表示：無關生辰八字，但試問人世間什麼人過的日子最無奈？唯女子嫁錯郎是也。」姊夫說。

談及此，姊夫突然話鋒一轉：「蘇珊走後你不想再找個伴嗎？」

「嗯，想啊，但是我曾經被阿姿拒絕，我高度懷疑她是否患了婚姻創傷症候群，否則怎會對我的示愛無動於衷呢？」

「船長，下午阿姿登機前我看你送她一個飛吻，這是一個好的開始，我願意幫你牽線。」姊夫說。

「真的嗎？那就先謝謝你了，老實說以前我貪圖美色，現在的我不再盲目，也不再一廂情願了，我已將所有的希望全寄托在阿姿身上，只要蝦母的生意談成，但願姊夫扮紅娘向她表明伴我過一生的意願。」

稍後我再提醒姊夫：「如她同意和我共組家庭的話，一定要盡快取得單身証明以便來日鮭魚返鄉之用。」

「嗯，知道了，我一定會轉告她。但是我有一個疑問，你和蘇珊在移民局不是有登記結婚嗎？」

「沒錯，但蘇珊是外籍配偶沒入境台灣設籍，台灣政府不承認這項婚約。」

「噢，我懂了，目前你在台灣的戶籍還是單身就對了。」

談至深夜，天下著毛毛細雨，我們三人邊跑邊走沿著魚市場右側步道摸黑回到船上。

隔日清晨用完早餐順便買幾個麵包及礦泉水做為中午裹腹之用。

稍後我們依照往日的作業程序，於午后返港把魚貨分類裝箱空運回馬尼拉後，阿川馬上趴在我耳邊說：「阿長，今晚帶我去逍遙一下好嗎？」

我聞言突然憶起陳先生的叮嚀而拒絕阿川的要求。

數日後，阿姿返回產地捎來蝦苗場台籍技師的一封信，信中寫道：「船長你好，你派人送來的樣本合乎我們的要求，我立即聯繫他場的技師共同決定向你進貨。不過，你派來的人一尾蝦母要價伍佰元似嫌太高、恕難接受，但是來者一再強調你們的產品體型壯碩、外觀鮮艷、繁殖率高，價錢當然就跟著水漲船高。可是她萬萬沒想到，經營蝦苗場，和蝦母買賣穩賺不賠的生意是截然不同的，有時不明的原因造成蝦苗大量死亡，我們就像拿著苣籮撈水一樣，一邊撈一邊漏，把場內蝦苗漏光光，當然也有例外，直到年終決算方知白忙一場，因此我們必須壓低成本以降低風險。如你同意一尾三百五十元的話隨時可以送貨，但必須依照我們的規定，限當日的鮮貨而且每次送貨的數量不得低於一百尾，如有疑慮歡迎參觀指教。」

看完這封信，除了對阿姿讚賞有加以外，也開始對於送貨數量的要求憂心忡忡。

隔日暫停出海，開始尋找包裝場以及籌備辦公室，並將保利龍箱、小型氧氣機分發給漁友們備用。

剛開始即抱著勢在必得的決心，日復一日的在蘇祿海中部各漁港大肆搜購活蝦母，可惜的是體型壯碩的並不多，和市場邊蝦販的當日現貨加起來總共不超過五十尾，我知道這五十尾不能成氣候，但每天看到屍橫遍野的貨色，一股錐心之痛不時的湧上心頭。

我不禁大嘆：「登天難，求人更難，創業亦然。」最後只得依阿姿的建議裝箱裝冰送往馬尼拉，叫大姊以成價外加運費賣燒烤以免血本無歸。

在苦無良策之下，我和阿姿再度求助於親戚陳先生。

他說：「這地區的漁船以大型的流刺網和拖網居多，上岸的蝦母都已死亡不能做材料，現在是夏天你不妨試著教小漁船把鉛錐加重，因為夏季的蝦母會往下沉避暑，春天則會游來海邊準備產卵，漁民不費吹灰之力即垂手可得。」

用這個方法東湊西湊和蝦苗場的要求仍然相去甚遠，我禁不住破口大罵蝦苗的技師在莊孝維。

於是，我要阿姿陪同前往蝦苗場了解真相。

到了蝦場，台籍技師告訴我：「之所以要求每天送貨量至少要一百尾或以上的理由是，場內每個孵化池蓄有一百噸的海水，如一百尾蝦母同時使用切眼柄刺激性腺促進抱卵後孵化出來的幼苗大小一致，反之大小不一則容易在池水裡互相殘殺是造成蝦苗場重大損失的原因之一。」

「那為什麼要限定每日送，二日送一次不可以嗎？」我問。

「不行，因為蝦母在保利龍箱內的海水沒有滲透壓，水中的浮游生物容易附著在尾部造成爛尾，影響孵化率甚鉅。」

「或者每日向別的蝦販訂五十尾也向我訂五十尾可以嗎？」

「更不行，因為計順省出產的蝦母體型和你的蝦母落差太大，同時孵化後又形成大小不一在水池內容易互相殘殺。」
聽完技師李先生的解說，我認為蝦場的嚴格規定不無道理，並非厚此薄彼。
返回產地我立即向漁友們宣佈暫停收購，待我南下尋找更多的貨源再另行通知。

三八

決定深入南部探索之前，雖然阿姿已幫我順利找到通路，理應及時實踐對姊夫的承諾，唯蝦母的供貨壓力實在太大，只好暫時食言囉。

因此，我想出一個討好她的點子，特別在出海前夕，除了加滿水櫃的淡水以外，還買了二十個二十公升的塑膠桶裝滿淡水供阿姿在船上洗澡時專用，我知道討海人能夠用淡水洗澡是一件最奢侈的享受，以前有時烈日當空用海水沖澡把身子擦乾後，就像被螞蟻爬滿身一樣，全身奇癢無比很難受，只是她沒說出口而已。

而現在我和姊夫、阿川則先用海水沖澡後再用一桶淡水抹去身上的鹽分，以凸顯我對阿姿的禮遇。

隔日開始，依照海圖所示，我們繞了一圈蘇祿海南端三大島，陸續發現成堆的魚蝦中規格參差不齊，無法做材料，失望之餘本欲打道回府重操釣魚的舊業，但阿姿勸我不要放棄就有希望。

數日後，來到蘇祿海西南海岸巴拉灣群島的公主港。

我突然憶起大姊的叮嚀：「沒錯，這裡的蚊子每隻大得嚇人，但是除了碧藍海水及島上美麗的風光可吸引廣大觀光客以外也盛產魚蝦，尤其活蝦母的體型相當壯碩，唯產量不多。」

我請阿姿和供應商達成協議，接到電話通知後必須以每日的鮮貨裝箱空運馬尼拉，之後沿島北上來到北端的一座像上帝遺留在人間的海洋之心的島嶼，港灣波光粼粼、雲霧繚繞有如人間仙境。

在一旁的姊夫提醒我：「不要太靠近這座島嶼，它好像是傳說中的惡魔島，環島周邊六海浬以內沒人敢在此捕魚。」

我禁不住反問姊夫：「有那麼誇張嗎？」

稍後，我站在船首用望遠鏡眺望，島上插有一白底黑色的骷髏頭旗幟，確定是惡魔島無誤。

於是，姊夫即不疾不徐地道出：「相傳四百年前有一支荷蘭龐大的船隊欲入侵台灣時，這座島嶼因瀕臨南中國海，有一艘脫隊船的船桅上，印有明顯骷髏頭標幟的帆船，在此停留觀察許久。」

「島上原有三百多戶居民，壯年人均以討海維生，留下的盡是一些老幼婦孺，該海盜船的船長不時用望遠鏡留意島上的動靜，他們似乎對這座島嶼情有獨鍾，上岸後在島的北邊臨時找一山洞棲身，以晝伏夜出的方式燒殺擄掠奪取財物或強姦婦女，島上居民人心惶惶忙避居他處，待漁夫們返航時已人去樓空。事後被查明這群海盜是罪魁禍首，於是漁夫們合力利用白天搬來巨石封住洞口，將睡夢中的海盜全數活活悶死迄今。」

「後來這座惡魔島MOMOG ISLAND因而得名。」

我沉思片刻後邀姊夫、阿姿及阿川在廚房找來食品、罐頭及少量水果擺出簡單的香案，四人並站在船首面向島嶼雙手合十、口中唸唸有詞：「弟子純屬路過並無侵犯聖地之意圖，祈求諸山神助我一臂之力完成大志，來日定以澎派的三牲四果祭拜。」話畢。說也奇怪，島的上空烏雲密佈，海面上吹起強風，眼見一場傾盆大雨即將來臨。

此時阿姿驚呼：「太好了，諸山神似有感應欸。」

「嗯，也許是巧合吧。」我說。

雨後，我深知海水中的鹽分被沖淡是魚兒咬餌的情況比較熱絡的時刻，於是我們立即揚竿試手氣，卻意外地連獲三尾俗稱「金色舞姬」的金眼銀鯛，牠是以曼妙艷麗的身軀在海底各個角落獨自譜出魔鬼音符的影舞者。

我欣喜若狂，因為我知道這種金色舞姬一旦出現即會引來更多愛好此道者的共鳴。

直至傍晚，果然不出所料除了金眼銀鯛以外，罕見的青斑、蘇眉滿佈在甲板上，此時船舷邊也陸續出現不少蝦母來湊熱鬧。

看傻了眼的阿姿，忤在甲板上一時說不出話來。

稍後回過神我問她：「新來的會計懂得國際貿易的細節嗎？」

「懂啦，她做事很謹慎欸。」

「好，我隨即測定船位，保留這個黃金魚區後返回漁港開始分類裝箱、裝冰於晚間末班飛機送往馬尼拉並電話告知大姊：有十七尾罕見的高檔貨，箱子上面綁著紅色膠帶是外銷香港的貨色，金眼銀鯛及鱒鮭鮸魚留在店內清蒸待客，蝦母暫時賣燒烤，一切工作安排就緒，新的會計克麗絲汀娜馬上轉任產地主管魚蝦集散的業務，遺缺再增聘一名會計，並約定蝦母供應商於七日後正式開始送貨予蝦苗場但必須當日鮮貨否則將遭到拒收。」

為信守承諾我要求阿姿備妥一隻烤乳豬、生鮮蔬果、米酒及紙錢作為答謝諸山神之用。

當晚邀陳先生、姊夫、阿姿、阿川和二位小舅子分享這一趟蘇祿海之旅豐收的喜悅。

三九

隔日晨曦中，在微皺有如一隻生產過量的老雞母皮的海面來到惡魔島外海，依古禮大肆焚香祭拜一番。

回程在和阿姿言談中透露：「我欲獨占蝦母市場的夢想妳已幫我達成，並將規劃中的事業藍圖告知，希望妳共同參與。」

她立刻反應：「我沒名沒份怎能隨便參與。」

「很簡單，大姊會幫妳取得單身証明後正式邀妳伴我過一生，不知意下如何？」

阿姿聞言的瞬間滿臉通紅就像一顆熟透的蘋果。

稍後即靦腆地回以：「小女子何德何能，暫不敢冒昧地接受船長的美意。」

我伸手摸摸她的秀髮說：「記得妳曾經說過菲律賓女人很多，不必怕找不到老婆，妳知道至少有一位等著我開口欸，言猶在耳但我一直認為已是第二次開口了，怎麼遲遲未做答覆，是否嫌我的努力還不夠？」

此時，阿姿笑得很燦爛：「嘿！天機不可洩露。」

當晚，和大姊電話聯絡時告訴我：為了取得離婚協議書已二次找那個酒鬼談判，第一次他說只要阿姿願意回到他身邊就既往不究。第二次他又說如不回來，阿姿必須付出一千萬的贍養費，內含部份捐給教會做為基督徒破例離婚的罰金之用。

我聞言哈哈大笑並說：「噢，原來如此。謝謝他的抬舉把阿姿當成黛安娜王妃或瑪麗蓮夢露這些貴婦看待，或許是他想錢想瘋了，就算阿姿一輩子的薪資所得，還要不吃不喝也擠不出一千萬呀，也或許他認為阿姿急於辦離婚可能是她已找到金龜婿，不趁此機會狠敲一筆錢要待何時？可是他萬萬沒想到我現在又不急於返台，趕辦那張協議書有個屁用，我們暫時不必理他，待來日再重長計議。」

隔日開始時值六月火燒埔，惡毒的陽光就像剛出爐的燕麥糊一樣遍灑大地，盡管我倆汗流浹背，也樂此不疲地將各產地的到貨分類，包裝順利完成，蝦苗場交付予我的任務，如此慘淡經營預計數年後，馬尼拉灣的春天即將來到眼前。

為慶祝這場小小的成就，以及再度徵得阿姿同意伴我過一生之後，我擺下鴻門宴。

宴會開始，首由阿姿的堂叔——陳先生發表祝賀詞：「阿姿十二歲時相繼失去雙親，之後和大姊相依為命，生活相當清苦，她靠著堅強的意志力半工半讀完成大學學業，二十四歲那年經人介紹不幸嫁給一個酒鬼老公，從此她就像一艘不能泊靠陸地的船，在茫茫大海中四處漂泊，直至今日找到真愛才得以靠岸……」

堂叔還沒把話說完我已發現阿姿淚眼婆娑，我趕緊拿出手帕幫她拭去臉上的淚珠，並趴在耳邊細語：「親愛的，乖，別哭，何事讓妳傷心呢？」

她一頭鑽進我的胸膛說道：「老公，感謝天賜良緣讓我喜極而泣，今後將扮演賢內助的角色，協助你實現偉大的夢想。」

「噢，謝謝老婆大人，來，給老公親一個。」

接下來全場在祝賀聲中，分享我和阿姿雙雙再婚的喜悅，直至深夜，在親友們及所有員工的祝福下結束今晚的鴻門宴。

當晚就寢前，我在她耳邊喃喃細語：「老婆，謝謝妳陪我躲過狂風巨浪的侵襲，讓我能鶴立雞群，謝謝妳善用激將法讓找酒醒能戰勝自己。」

「老公，不用謝啦，雖然我早已決定伴你過一生，只是沒說出口而已，但是前些日子，當我看到你和阿川喝得爛醉如泥時，我的心都碎了。」

我馬上摀住她的嘴，詎料，她把我的手拿開又說：「老公，其實我心裡很明白，你剛逃出虎口心亂如麻，一定還有隱情不想告訴我，好，沒關係，過去的事就讓它過去吧，今天既已正式成為夫妻，希望從今以後即使是芝麻小事，應互不隱瞞、同心協力才能創造更美好的明天。」

「再一次謝謝妳對我觀察入微，噢，對了，老婆明天開始要找時間辦妥單身証明。」

「嗯，很急嗎？」

「不，以備來日鮭魚返鄉之用。」

隔日一大早，二位小舅子來家裡閒聊時，我要求他們開自己的船跟我到惡魔島幫忙載運魚貨。

來到特定漁場下釣後魚獲卻不如預期，直到中午未獲改善，我開始懷疑是否船上的定位儀不夠精密以致於漁源流失，本想換裝一台ＧＰＳ衛星導航。

老婆告訴我：「目前在菲律賓不可能買到這種先進的航海儀器。」

在一旁的姊夫再次強調：「船長，別忘了這座島方圓六海浬之內沒人敢在此捕魚的前例。」

因此，我決定從明日起環島尋找更多的貨源。

剛開始有些海域魚探機裡顯示海底斷層即釣不到魚，但有些海域根本不需要找沼澤地，只要測知水深二百米至三百米之間，固定好魚絲的長度，站在甲板上想釣什麼魚即能隨心所欲。

我們日復一日在島的四周沿用此法予取予求，不久即為我的新家錦上添花。

三九

四十

隔年初春，為回饋島上諸山神的庇佑，特準備相當澎派的祭品，並力邀著名的安海法師選擇在一個春意盎然的早晨首度登上惡魔島。

滿懷感恩之心來到涵洞前才知道傳說中封住洞口的巨石依舊在，我們一面卸下祭品，一面留意四周的風吹草動，法師則先在洞口左右兩側的縫隙焚燒二束清香，並設下七星陣法後再擺出澎派的祭品，眼見法師掀開法袍口中唸唸有詞，像似在為亡魂超渡唸經，全程約一個小時祭祀完畢。

我好奇地問法師：「你剛才口中唸的好像是大悲咒，祂們是外國人怎麼聽得懂？」

「神鬼無國界啦。」法師哈哈大笑地說。

我再追問：「那你掀開法袍唸太悲咒有何意義呢？」

「我胸前吊掛一副八卦鏡，如有異樣的話會隱約出現城隍爺的畫像，所有的妖魔鬼怪都會四處逃竄，同時照妖鏡內也會發出震盪的聲響，但是並沒任何動靜，代表這座山頭無鬼魂的存在，所以建議你務必相信宗教界六道輪迴的主張，

四十

不必在乎年代久遠的神鬼傳說。」

我不以為然地問：「我昔日在台灣夜間曾經遇到吸血鬼迄今餘悸猶存，那又是怎麼一回事？」

「那是極少數在奈何僑上脫逃的孤魂野鬼，不能相提並論。」

緊接著法師又說：「其實，數年前曾有某一財團相中這座美麗的島嶼，計劃開發成為離島觀光賭場，唯礙於政府只租不賣，又承租人必須具有投資簽証的規定，而這個財團是本地人，哪來的投資簽証因而作罷。不久前，也有一位澳洲來的投資客持有投資簽証，欲承租這座島嶼開發觀光事業，後來承租人因為太膽小，此件投資案因而胎死腹中，剛才從你的談話中得悉你是台灣來的投資客，一定有投資簽証，如你對觀光事業有興趣的話，我們來合作，但要捷足先登地在這座島沿岸潔白的沙灘及岸上打造一座現代化的海上俱樂部，預計可吸引許多遊客前來尋幽探密。」

我靜靜地聽完法師的話後搖搖頭表示沒興趣。

「船長，不要搖頭，聽我的話準沒錯。我認為財富是永遠屬於觀察力敏銳的人所擁有，你說是嗎？」

「嗯，既然你自信滿滿，我建議，你出錢，我出名，盈利所得雨露均霑，好嗎？」

許久，法師才說：「船長，找你投資是我認為我倆特別投緣，必須同心協力、同甘共苦，而不是光掛個名就可以坐享其成。」

「不過，我並不是有錢人，資金有限不敢冒然投資。」

法師又說：「只要你同意掛名，將來盈利所得除了按照你投資金額的百分比分紅以外，再附送五個百分比的掛名董事長的特支費，至於資金有限的問題，我會在信徒中挑選幾位金主，共同參與這項投資案以減輕你的財力負擔，如同意的話，在下一次登島時我會將企劃書一併交予你做參考，這樣好嗎？」

我不置可否只淡淡地說：「先看看企劃書再說吧。」

回到家和老婆討論再三，但尚未做出決定。

第二次登島時值八月野薑花盛開香氣四溢，空氣中瀰漫一股淡淡的法國香水味相當迷人。

我從法師手中接過來企劃書，瀏覽一番才知道原來他們早已內定由古蹟重建開發公司承包，遲遲未能發包是礙於投資者的申請條件與政府的規定不合。

四十

翻開第一頁的工作內容：原封住洞口的巨石必須移走，搖搖欲墜的民房及刈芒草必須全部清除，美化道路讓島內環境煥然一新。

涵洞入口處兩側磐石嶙峋，高掛著一幅骷髏頭的旗幟增添些許神祕感。

第二頁，請來岩雕師在前方空曠區的右邊岩層，憑想像力雕出似在細說當年海盜們利用夜間出現在民宅燒殺擄掠的行為，讓這一幅栩栩如生的畫面令人不寒而慄。

左邊則雕出當年鄉民手持長矛抗暴的歷史記憶。

我問法師：「這二幅畫是人文藝術或暴力傾向？」

他回以：「遊客們欣賞的角度不同，結果當然就見仁見智了。」

我再問：「這二幅畫除了嚇人以外，另有所圖嗎？」

法師說：「可吸引許多白目的遊客前來尋幽探密。」我則不以為然。

第三頁必須備妥數位有執照的水上救生員以外，加速安置全套的水上遊樂器材及海底遊船，並在沙灘上利用數支大型遮陽傘、躺椅、蛙鏡·簡單卻讓遊客傳達無限悠閒，更在水上屋長長的棧橋上備有釣竿、釣具和假餌供遊客分享美麗與浪漫的美好時光。

看完企劃書沈默許久後再問法師：「從馬尼拉到惡魔島用什麼交通工具？」

「我們準備建造一艘ＦＲＰ氣墊船。」

「天啊，我原以為是一宗小小投資案，現在才知道法師的背後一定有財團撐腰，我豈能跟人類比。」

於是，我告訴法師：「最近可能要返台，這張投資簽証會自動失效請另外物色人選。」

回到家，老婆得悉企劃書的內容後問我有何意見？

「法師一再強調不要相信年代久遠的神鬼傳說，不過，我認為涵洞內一旦遭到破壞，我們可能得不到諸山神的庇佑而自斷財路，因此，我寧願相信世界上有鬼也不相信法師的那一張嘴，其他的內容雖然很美，但我已請他另外物色人選了。同時，我決定在他還沒找到合格人選之前，快馬加鞭地在惡魔島外海大肆搜刮海底寶藏，直至漁源枯竭為止。」

當晚，老婆告訴我：「最近魚貨量激增大姊無暇幫我辦單身証明，但在近日中她會找時間去辦。」

四一

數日後，大姊會同民眾服務社婚姻調解委員會主任再度上門找那位酒鬼談判。

結果，依然碰了一鼻子灰並揚言提告。

「哼，要告就告誰怕誰呀。」

回到家，大姊轉述主任的話：「看樣子這件婚姻已無轉寰的空間，建議妳再度向法院提出男方不能人道之訴。」

一個月後接到向高檢署申請再議的傳票。

開庭時，我方的律師向法官要求併案審理，經法官同意後首問阿姿：「這件官司在上個月不是已判庭外和解了嗎？如無新事証本院恕不受理雙方的互控。」

阿姿回以：「是的，當時男方請來基督教牧師做証時証明基督徒有一項不准離婚之規定，同是基督徒的法官因此不給機會讓我陳述南方不能人道的事實，即草率地做出不受理的違法判決，當時我只能怨自己歹運又一次踩到一坨狗屎了。」

法官問：「妳怎麼知道那位法官是基督徒呢？」

「判決後我深覺有異即到基督教長老教會查詢才知道的。」

法官笑笑說：「妳說的無關新事証啦，那現在妳能舉証說明男方不能人道的事實嗎？」

「可以。婚後不久男方有一天在外頭喝醉酒，被人抬回來，當時我倆雖是住同一屋簷下的兩個陌生人，但對於躺在床上滿身穢物加上濃濃的酒臭味令人作嘔，我心不甘情不願地被迫戴上口罩幫他換床單、清除穢物時才發現他下體的重要部位像一顆剛出土的生澀花生米……」

阿姿還沒把話說完，即引來旁聽席哄堂大笑。

此時法官也禁不住摀著嘴說：「男方陰莖短小並不代表不能人道。」

男方聽到這裡馬上拉下褲襠欲做打手槍的動作，卻遭到法官的制止。

但是阿姿的律師要求法官必須由專業醫師鑑定以明究竟。法官答應了。

此時，男方立即向法官提出女方不守婦道、不履行夫妻應有的義務並附帶要求女方付出一千萬的精神撫慰金。

法官連開二次偵察庭後認為男方的訴求女方不守婦道一事，男方無法舉証女方在外與人通姦，所請恕難照准並諭令男方應至公立醫院鑑定有無生殖能力。

終審時醫生出庭作証指出男方和一般正常男人一樣會勃起，也有性衝動，但罹患逆行性射精，亦即射精時精蟲直接射入膀胱之後再藉由小便排出體外，這種病人終生不能生育。

法官在確定男方不能人道之後，女方除了獲判准離之外，男方還得吃上誣告官司。

四一

阿姿取得單身証明，半年後的某日，剛從巴拉灣公主港修理主機回來在加油站辦完船上的補給正要離去時，二位小舅子和堂叔突然出現在我的眼前，平時態度溫和的堂叔今日說話的口氣顯得相當的緊張。

他說：「船長，此地不宜久留。」

我也嚇了一跳地反問：「什麼事那麼緊張？」

數日前我們二兄弟從惡魔島載運魚貨回來就和你們失去聯絡，找了好幾天今天再找不到的話你們就要自求多福了。

在一旁的堂叔忙插一嘴：「根據可靠的消息來源指出，馬尼拉方面來了二個女人帶一票人馬已撒下天羅地網，把惡魔島通往南中國海的水路完全封鎖，預定今晚採取行動。」

二位小舅子異口同聲地說：「姊夫，前幾天從漁友們得悉帶頭的不只二個女人欸。」

此時，我心裡很明白貝特她們終於來了。

稍後我請教堂叔我們回不了台灣該怎麼辦？

堂叔反問：「你的船速幾海浬？」

「十五海浬。」

「嗯，你們命不該絕，我建議：現在你們馬上起程回馬尼拉灣，然後把該處理的事十萬火急的處理掉，最慢明晚趁暗夜摸黑逃出馬尼拉灣直接返台，因為我知道這裡的漁船時速不會超過八海浬，當她們苦等一夜發現有人通風報信遭你們逃脫，一定會趕回馬尼拉攔截，但已來不及了讓她們望風乾瞪眼。」

「好，我一生就賭這一次。」我們謝過堂叔的大恩大德後船上的羅盤立即朝北全速衝回馬尼拉灣。

臨走前，二位小舅子一再地叮嚀：「姊夫，要保重呀。」

沿途，我問：「老婆，我願意一個人承擔過去所犯的錯誤，不想連累妳們，所以才專程載妳們回馬尼垃，之後希望妳接下現有的海上事業，好嗎？」

「不，老公你沒錯，錯在貝特她們，你不必自責。」

稍後嘟起小嘴又說：「謝了老公，請不要污辱我的人格，金錢不是我生命中的唯一，更何況真愛絕無對價關係，不是嗎？」

「老婆，妳有所不知返台的水路海象險惡、波濤洶湧萬一發生意外，妳擁有海上事業就無後顧之憂。」

「老公，別想那麼多啦，我願與你同在。」

「好，那就尊重妳的決定囉。」

稍後，我別過頭問姊夫：「阿姿堅持和我隨行，現有的海上事業避免肥水落入外人田，暫時就由你和二位小舅子接下，在適當時機我會捲土重來的。」

姊夫愣了一下說：「好，我一定竭盡所能不辜負你的期待。」

回到馬尼拉已近中午，我立即將銀行存款結清、海產店的盈餘留下做為周轉金，並交代大姊按月付安養費及任何雜支予村長、奶奶做為頤養天年之用。

當晚，和姊夫、大姊臨別依依，淚眼互道珍重再見後帶著老婆和阿川誠惶誠恐地來到船上，阿川不敢發動引擎我也不敢開燈，我們就像渡船划槳上的船伕一樣的動作，在暗夜中悄悄地划向不可知的未來。

四二

逃出馬尼拉灣，回首凝望這座繁華落盡的城市，曾經伴我走過褒貶不一的時光隧道，一股夕陽無限好的感慨油然而生。

在一旁的老婆見我佇立原地若有所思，立即提醒我此地不宜久留以策安全，我猛一回頭瞧了她一眼並喃喃自語：「感謝上蒼助我一臂之力才得以和老婆分享重獲新生的喜悅。」

緊接著回到船長室，我設定方向朝北並加速逃離現場，熬過驚心動魄的夜航，直至午後，越過三巴禮斯海域時，雷達螢幕上突然出現上下二個可疑光點，我不敢掉以輕心正密切觀察中。

當黑夜即將來臨，夕陽的餘暉染紅了在藍天漂泊的白雲之際，我把方向盤交給阿川後緊盯雷達螢幕，發現的這二個光點很可能是已卯足馬力的大型漁船，研判是以前後包抄的方式夾擊我船。

此時，我也不甘示弱要求阿川立即跳進機艙，啓動速霸推進器欲和對方互別苗頭，船長室左後方的排氣管立即竄出濃濃的狼煙彌漫整個天際。

約一小時後我心想：除非貝特有能力派出海軍軍艦，否則一般漁船的速度永遠趕不上我船，但對方似略勝一籌，已拉近彼此間的距離，我心急如焚但束手無策。

稍後，假設雷達上的光點是軍艦，我突然憶起求學時讀過一則聯合國海洋公約的報導：除非戰爭或遇海盜，否則禁止使用武器或暴力脅迫的手段之規定。

於是，我臨時改變航路由北轉西，二小時後由南往北的光點也跟著轉西，南下的光點則轉向西南，此時我已一葉知秋，三艘船就此成犄角之勢競飆在南中國海的藍色公路上。

二十四小時後，三方的船位已開始有明顯的差距，越過太平島在雷達螢幕上逐漸消失，稍後我臉上勉強擠出一縷笑容對著老婆說：「貝特她們笨得好可愛欸，始終沒派直昇機追出來攔截，否則我們後果不堪設想。」

老婆嘟起小嘴說：「貝特不是笨，只是她萬萬沒想到我們的船速也相當快。」

正在自我陶醉之際，南風驟起，海面上掀起陣陣白浪，機艙內忽傳「叩叩、叩叩」的怪聲，阿川隨即鑽入機艙關掉如烘爐般的引擎，上來後雙手一攤表示一切都完了，我眉頭緊皺，百思不解為何原本性能相當良好的引擎會突然失去動力，稍後我假設這二天大概因為逃避追緝又啟動速霸推進器，引擎不堪負荷以致於主機塘缸出現雞爪痕必須板金，待主機冷卻後阿川試著數十次欲發動主機均不得要領，至此我有自知之明代誌大條囉。

我和阿川趕緊抛下海流錨將船首固定對準浪頭以防意外，等待過往船隻救援，但從東方魚肚白盼到日落黃昏卻未見任何船隻的蹤影。

翌日清晨不遠處發現一艘大型貨櫃輪從後方疾馳而來，我請老婆雙手不停的揮舞白色信號旗，我則以焚燒破布冒出的黑煙藉以引起對方的注意，但不知對方是否故意視而不見或船長正在打瞌睡，均無反應繼續向前行，失望之餘我躺在甲板上傾聽海與風的對話許久不發一語。

午後我問老婆：「船上的淡水及白米還剩多少？」

「從巴拉灣公主港回來之後，我們已辦妥船上補給，但蔬果尚嫌不足。」老婆說。

「親愛的，外頭風浪那麼大，我倆要有長期跟惡海博鬥的心理準備，不知妳後悔嗎？」

「不，我絕不後悔，我願執子之手，與子偕老。」

「嗯，好感動喲，親愛的。」

此時，海面上霧茫茫一片，我打開雷達卻發現沒電，我知道這是隨著主機失去動力而無法充電所致。心想：糟糕，屋漏偏逢連夜雨，在暗夜中沒動力、沒雷達就好像盲人走鋼索一樣險象環生，萬一在睡夢中被大船撞翻，我們三人在瞬間豈不成了海底冤魂？想及此不禁黯然淚下。

因此，我決定夜間和老婆及阿川輪流值班，手持白色信號旗不斷揮舞，若遇對方直衝而來就立刻發射信號彈以求自保。

白天閒時取出釣竿釣魚佐餐及等待救援契機。

可是經過二十一天依然毫無船隻來往，我索性拔起海流錨充當風帆擬以龜速漂向新加坡找活路。

不過，老婆提醒我萬一漂向共產國家的越南後果就不堪設想了。

於是我又取消這個念頭繼續拾起釣竿苦中作樂，有一天我把釣竿固定在船舷後躺在甲板上吞雲吐霧，不久老婆要我快起來，好像中魚了，我不慌不忙地取下釣竿開始收線，卻遭到數十次的強力翻滾，但終究難逃我的海中劊子手，還是乖乖的來到船舷下才知是一隻烏龜，脖子被魚鉤鉤住以及全身纏滿魚絲已奄奄一息，拉上甲板後趕緊拔掉魚鉤找來優碘敷傷口、用剪刀將魚絲全部拆除丟回大海放生。

這隻烏龜臨走前，似以感恩之心落下汪汪淚水場面令人動容。

數日後見一全船漆白色的遠洋漁船朝我船前進，但是開船的船長就像一隻喝醉酒的無頭蒼蠅一樣橫衝直撞地衝過來，待船停妥水面下浮出一隻烏龜帶領一群龜兒子用極豐富的肢體語言拍動海水似乎在告訴我：嗨，船長謝謝你的救命之恩，也刻意招來一艘船和你作伴以解鄉愁。

坐在船長室裡我感觸良深，認為這隻善解人意的烏龜乃神龜也，人類如能向這隻神龜學習知恩圖報的精神，所有社會新聞的記者恐怕都要回鄉下老家養豬了。

稍後，和對方船員短暫交談才知道這艘來自高雄的遠洋鮪釣漁船，在模里西斯作業完畢返航途經麻六甲海峽遇海盜挾持，因付不出贖金台籍船長及輪機長雙雙慘遭殺害。

登船後，我在船長室裡發現這群海盜有夠夭壽，所有的航海儀器的電源線、天線全被剪斷，企圖讓這些船員成了海上流浪兒，難怪他們無法開船也無法使用

SSB低周波話機和台灣船老闆連絡。

全盤了解實況後我對著全體船員喊話：「那現在你們要怎麼辦？」許久，其中一名資深的船員說：「如今只能以守望相助的精神，我來集合所有的十二名船員簽署一份授權書授權予你代理船長，把這二艘患難與共的船開回台灣，不知船長意下如何？」

「嗯，好。在互惠的原則下我答應你們。」

稍後由我船上搬來的定位儀及天線確定船位後，預定十天的水路可到達高雄港，順利將這艘遠洋漁船交予船老闆。

大功告成之後將我船暫泊於哈馬星船渠內待修。

返家前，回首憶當年意氣風發的一艘超級戰艦隨著我浪跡天涯，於今鮭魚返鄉由船舷下滿佈苔蘚的痕跡印証歷經滄桑歲月的記憶，一朝春盡紅顏老的感慨油然而生。

漁船失去動力的數日內，雖然我已用盡各種方法移動船身至大型船的主要船道，企圖向這些東往的船隻求援，但均徒勞無功，失望之餘只能呆坐在船邊獨

四二

自唉聲嘆息。

隔日，買菜煮飯的阿川來報……

「阿長，對不起啦，我們的瓦斯用完了。」

「蛤！出港前不是剛裝滿瓦斯嗎？」

「是，我早上煮完飯忘記關瓦斯，現在要用時才知道瓦斯已漏光光，阿長，對不起啦，千錯萬錯都是我的錯。」

在一旁的阿姿忙說：「真是屋漏偏逢連夜雨，那現在要用甚麼來煮飯？」

「我也不知。」阿川低著頭看似蠻後悔的。

此時天空飄下毛毛細雨，我用小毛巾拭去阿姿身上的雨絲，輕聲細語地問她說：「親愛的，下雨了，我們到船長是聊，以免著涼。」

在船長室裡坐定後我越想越氣，忍不住就開口大罵阿川：「要死就你一個人跳海死就算了，不要連累其他人。」

阿川立即反唇相譏：「我會游泳死不了啦。」

我聽了怒氣衝冠地再罵：「不會去撞牆嗎？」

阿姿見狀連忙趴在我耳邊說：「老公，不要再罵阿川了，他雖然有錯，但總不能像法院的推事一樣一推了事，你是主事者，理應大家心平氣和地坐下來談，如何解決吃飯的問題才是正道，千萬不可意氣用事好嗎？」

一向不曾被命運擊倒的我，聽完老婆的這一席話後，覺得她說的也不無道理，於是，我立即改弦易轍找來阿川商討欲解決吃飯的方法，一小時做出決定：一、要改變飲食習慣。二、每日三餐變五餐以免挨餓。三、每日五餐均以生魚片裹腹。四、我和阿川每日不定時下水帶著魚槍、水鏡、蛙鞋和氧氣筒下水尋找獵物順此找回童年的記憶。五、潛水工具放在儲藏室裡。六、阿姿在船上準備沙西米刀用海水沖洗乾淨及磨利。

稍後我問阿姿敢不敢吃生魚片及處理魚肉。

「沒問題，我以前在海產店任職，現在正可派上用場。」她說。

使用這個方法讓我們又平安無事的度過十二天。

第十三天下水後不久在不遠處發現一隻大白鯊，張著血盆大口，舞動像水中蛟龍的身軀，周邊海水跟著激出巨大的浪花，有如萬馬奔騰乘風破浪而來。

我趕緊通知阿川要注意前方有狀況。當牠靠近時我又發現牠的腹部隆起，看起來好像一隻懷孕的母鯊，我告訴阿川：「你就對準牠的腹部出鏢，我游至牠的前方誘其魚身打橫讓你出鏢。」但是說時遲那時快已經來不及了。

「阿川！快！快逃！」我邊說邊雙手合十求神保佑我兩能順利逃過這一劫，可能神明馬上感應到了，當牠來到我們距離約十公尺時，卻突然自動向右轉，讓我倆暫時鬆了一口氣，不過幾分鐘後他又折回衝過來，我一時嚇呆了，阿川見狀大喊：「阿長，我倆回不去了。」

奇怪的是，牠來到眼前張開血盆大口時只差 0.001 秒，即被吞下肚的那一瞬間突然有一股神祕的力量從我背後以後空翻的姿勢將我往上拋去，幾秒鐘後我頭下腳上的直線墜下，讓母鯊看傻眼，遂張開血盆大口，等待天上掉下的禮物，我屏住呼吸一鼓作氣以直搗龍門的英姿將手上的魚鏢槍拖住牠的喉嚨猛刺，之後我就不省人事了。

不知過了多久，躺在甲板上的我魂歸來兮，忽聞有人在耳際哭泣，我回眸斜眼一瞧，原來是阿姿，我有氣無力地說：「阿姿，來給老公抱抱。」

完全醒來後，我除了大嘆：「時也、命也、非人力之所能抗拒也之外，也很感激神明的即時救援和阿川順利的把我拉回來。」

稍後，阿川問：「阿長，這條母鯊把牠丟掉好嗎？」

「不行，鯊魚全身都是寶，等一下請你把牠的牙齒連同牙齦、魚刺、魚皮割下曝曬在船長室上面，回台灣後可以賣錢，至於魚肉、魚肝，因為現在船上沒有工具不能做材料可以丟棄，唯一遺憾的是還來不及長大的小鯊魚，肉質鮮嫩相當美味也因為船上現在無法升火，所以忍痛將牠丟棄。

緊接著在一旁的阿姿苦勸：「今後不要再下海捕魚，因為我很怕失去你。」

「那我們豈不坐以待斃嗎？」

「老公，拜託啦，再想別的方法好嗎？」

「屁啦，妳把我當神仙嗎？」

「不是啦，但我有一個最笨的想法。」

「老婆，請說出來聽聽看吧！」

「我們不妨學習原始人的鑽木取火的方法，你們認為如何？」

「嗯！有創意。」我說。

阿川責問：「我們整條船都是F、R、P塑銅建造的，哪來的木材？」

「但是船長室內部的裝潢都是日野木建造的，唯不能用機艙內部的柳安木，阿川你現在就去把船長室內的木板拆下來以及在抽屜內找幾支扁鑽，我們兩人用接力的方法試試看吧！」我說。

結果，在二個小時內成功取得火種，我欣喜若狂稱讚老婆的聰明才智，因此，我們才得以度過二十一天有驚無險地漂流心路歷程。

・全文完・

國家圖書館出版品預行編目資料

馬尼拉灣的落日／HENLY TSAI　著一初版一
臺中市：天空數位圖書　2023.05
面：14.8*21 公分
ISBN：978-626-7161-65-4（平裝）
863.55　　112008667

書　　名：馬尼拉灣的落日
發 行 人：蔡輝振
出 版 者：天空數位圖書有限公司
作　　者：HENLY TSAI
編　　審：非常漫活有限公司
製作公司：艾輝有限公司
美工設計：設計組
版面編輯：採編組
出版日期：2023 年 05 月（初版）
銀行名稱：合作金庫銀行南台中分行
銀行帳戶：天空數位圖書有限公司
銀行帳號：006—1070717811498
郵政帳戶：天空數位圖書有限公司
劃撥帳號：22670142
定　　價：新台幣 420 元整
電子書發明專利第　I　306564　號
※如有缺頁、破損等請寄回更換

服務項目：個人著作、學位論文、學報期刊等出版印刷及DVD製作
影片拍攝、網站建置與代管、系統資料庫設計、個人企業形象包裝與行銷
影音教學與技能檢定系統建置、多媒體設計、電子書製作及客製化等
TEL　：(04)22623893　　MOB：0900602919
FAX　：(04)22623863
E-mail：familysky@familysky.com.tw
Https　://www.familysky.com.tw/
地　址：台中市南區忠明南路 787 號 30 樓國王大樓
No.787-30, Zhongming S. Rd., South District, Taichung City 402, Taiwan (R.O.C.)